成り上がり弐吉札差帖

棄捐令(一)

千野隆司

角川文庫
24376

目次

前章　贅沢《ぜいたく》遊び　五
第一章　貸金総額　二一
第二章　返金依頼　七一
第三章　借り換え　一一八
第四章　吉原行き　一五九
第五章　棄捐《きえん》の令　二〇七

主な登場人物

弐吉　浅草森田町の札差・笠倉屋の手代。幼い頃、侍の狼藉がもとで両親を亡くし、天涯孤独となった。
金左衛門　笠倉屋の主人で、やり手の札差。奉公人から婿に入った。
清蔵　笠倉屋を支える番頭。商人としての矜持と厳しさがある。
貞太郎　笠倉屋の跡取り息子。商売への興味が薄く、外で遊んでばかりいる。
猪作　笠倉屋の手代。
お文　笠倉屋の仲働きの女中。清蔵とは遠縁の間柄。
お浦　浅草元旅籠町の小料理屋・雪洞《ぼんぼり》の娘。
城野原市之助　南町奉行所定町廻り同心。浅草・外神田界隈が縄張り。
冬太　城野原の手先。行き場がなく、ぐれていたところを城野原に拾われた。

前章　贅沢《ぜいたく》遊び

一

浅草森田町《あさくさもりたちょう》の札差笠倉屋《ふださしかさくら》の店の土間には、五つの縁台が置かれている。そこでは四人の直参《じきさん》が、禄米《ろくまい》を担保に金を借りるべく順番を待っていた。

上がり框《がまち》では、小机を前に置いた店の手代四人が貸出帖《ちょう》を広げて、金談を続けている。手代になって二年目の弐吉《にきち》は、その中の一人だ。

「蔵宿《くらやど》は、われら札旦那《ふだだんな》のために、精いっぱいのことをいたさねばならぬ」

「もちろんでございます」

「ならばもっと、貸せるであろう。困らせるではない」

中年の直参は家禄九十俵の御徒衆《おかちしゅう》だった。

札差は、将軍家直参の給与である禄米を代理受領し換金するのが本業だった。しかし困窮する直参への便宜を図るために、これから手にする禄米を担保にして利息を取って金を貸すようになった。公儀も利率の上限を定めて、直参への貸し出しを認めていた。

札差にとって出入りする直参を札旦那、直参にとって換金や借金依頼をする札差を蔵宿と呼んだ。

「そうしたいところでございますが、もうずいぶんとご返済いただけない貸金がたまっています」

札差は商いとして金を貸している。いくら禄米を担保に取るとはいっても、貸し出せる額には限界があった。弐吉はまだ十九歳ではあるが、相手が中年や初老の直参でも、屈強そうな強面《こわもて》の侍でも、伝えるべきことははっきり口にしなくてはならなかった。

それができなければ、札差の手代は務まらない。

寛政《かんせい》元年（一七八九）のことである。一月二十五日に、天明《てんめい》から改元された。その年もすでに八月八日となった。手代としての仕事にもすっかり慣れた弐吉だった。

暑くも寒くもない、秋の一日だ。

「しかしな、縁者の家で婚礼がある。今のままでは、祝いの品を贖《あがな》えぬ。それでは武士の面目がたたぬ」

「はあ」

武士の面目というのは、たいへん厄介だ。

「わずか銀四十匁（一両は約銀六十匁）でよいのだ。何とかならぬか」

「それをお借りになると、次の禄米支給のときのお受け取り額がさらに減ります」

現金での返済ができなければ、年三回ある禄米支給の折に、換金した代金から利息分を差し引いて渡すことになる。利息を払えなければ、不足分は元金に組み込まれる。借金の額は、雪だるま式に増えてゆく。

銀四十匁を、わずかとはいえない。目の前の札旦那は、八年前の借金もまだ返せていなかった。さらに五年以上先の禄米も担保にして、金を借りている。

「ううむ」

札旦那は、顔を強張らせた。自分でも返済額が増えているのは分かっているのだ。

とはいえ直参に、金子《きんす》を拵《こしら》えるすべはないし、他から借りる手立てもなかった。

「いかがでございましょう。今回は銀十匁だけにして、心の込めた品をお送りしては」

弐吉は、札旦那のために話したのである。

札差の中には、何年前の借金が残っていようと、何年先の禄米であろうと担保にして、返済期限を定めて金を貸し、借財がたまってどうにもならなくなった札旦那《ふだだんな》には、御家人株や娘を売らせて返済を求める者もいる。

しかし笠倉屋では、そういうことはしなかった。

先代までは、笠倉屋もそういう貸し方をした。婿に入った金左衛門《きんざえもん》が主人となり清蔵《せいぞう》が番頭になってから、貸し方を変えた。五年以上先の禄米を担保にしては、原則として貸さない。また五年以上前の借金を返せていない者には、貸金額に制限をつけるというやり方にしていた。

札旦那が御家人株や娘を売ろうと、知ったことではない、儲《もう》ければいいという考えを改めたのである。

「蔵宿は、札旦那を支えることで栄えていけばいい」

これが笠倉屋の商いの方針となった。

「銀十匁か。それでも仕方がない」

札旦那の方が折れた。銀十匁でも、ないよりはましだろう。銀四十匁を借りた場合との、返済額の違いを伝えた上でだ。

「ありがとうございました」

弐吉は、対談した札旦那を送り出した。

店の奥にある帳場に、金左衛門と清蔵、それに若旦那の貞太郎《さだたろう》がいる。貞太郎は商い帖を広げて、算盤《そろばん》を入れていた。

仕方がなくやっているといった印象だ。

金左衛門はやり手の商人《あきんど》だが婿で、商い以外では姑《しゅうとめ》お徳《とく》や家付き女房のお狛《こま》に頭が上がらない。一人息子の貞太郎は見栄っ張りの上に傲慢《ごうまん》で、商いよりも遊びに関心があった。

そうなったのはお徳やお狛が甘やかして育てたからだが、近所の者は皆知っている。気づいていないのは、当の二人だけだった。

店には手代が四人いる。佐吉《さきち》と猪作《いさく》、桑造《くわぞう》と弐吉だ。四人とも、店の方針に従って対談をするが、猪作は強気な対応をする。面倒な札旦那のときには、弐吉に押し付けることもあった。

次の札旦那の相手をする前に、弐吉は裏の井戸端へ水を飲みに行った。するとお文《ふみ》がいた。弐吉が話しかけた。

「すっかり、秋らしい天気になりましたね」

「ええ。残暑が長くて厳しくて、どうなるのかと思いましたが」

当たり障りのない話をした。

お文は仲働きの女中で、清蔵の縁戚《えんせき》で武州から出て来た。歳は二十だと聞いているが、事情があって生まれ在所にいられなくなった。詳しいことは伝えられないが、笑顔をまったくといって見せない質《たち》だった。

弐吉は、猪作の意地悪で飯を食べ損なったときに、握り飯を食べさせてもらったり、怪我をしたときに手当をしてもらったりした。いつの間にか店での出来事や考えていることを伝えるようになった。

お文は弐吉の話を、面倒がらずに聞いてくれた。ときには意見も言ってくれた。それは参考になった。

整った面立ちということもあって、今では気になる存在になった。

とはいえ、お文の生まれ在所の出来事など、詳しいことを尋ねるまでには至っていなかった。

昼下がり、弐吉は清蔵に呼ばれ、四谷《よつや》の家禄三百俵の札旦那相馬《そうま》猪《い》三郎《さぶろう》の屋敷へ出産祝いの品を届けるように告げられた。

借りてくれる札旦那《ふだだんな》は大事にする。札旦那あってこその笠倉屋だ。禄高《ろくだか》によって贈答の品は変わるが、これも大事な仕事だった。持参したのは白絹三反で、相手が御目見《おめみえ》ということで奮発した。

「わざわざ痛み入るぞ」

弐吉が口上を述べると、主人は返した。満足そうだった。

相馬家の屋敷は、尾張徳川《おわりとくがわ》家上屋敷の裏手にあった。このあたりには、旗本屋敷が並んでいた。途中、邸内に椎《しい》の木が聳《そび》え立つ広大な大身旗本の屋敷があった。門番所付きの長屋門で、敷地は七百坪ほどある。

家禄五千石で御留守居役に就いている溝口監物《みぞぐちけんもつ》の屋敷だった。

弐吉はこの溝口と用人の西山吉三郎《にしやまきちさぶろう》には、多少の縁があった。弐吉の父弐助《にすけ》は、幼い頃に侍の理不尽な狼藉《ろうぜき》によって命を落とした。長年その仇《かたき》を討ちたいと願っていたが、機会がないまま過ぎた。昨年、妙な縁で知り合った西山のお陰で願いがかなった。

相馬家からの帰路、溝口屋敷の門前に差し掛かったとき、軋《きし》み音が響いて門扉が開かれた。道端へ寄った弐吉は、開かれた門に目をやった。

供を連れた馬上の二人の大身旗本ふうが、外へ出て来るところだった。

「おや」

長屋門から出てきた馬上の二人の侍の顔に、弐吉は見覚えがあった。勘定奉行の柳生主膳正久通《やぎゅうしゅぜんのかみひさみち》と曲淵甲斐守景漸《まがりぶちかいのかみかげつぐ》だった。曲淵と柳生の顔は、金左衛門の供で勘定奉行所へ行った折に、遠くからだが見ていた。

公儀勘定方の重鎮が二人、雁首《がんくび》揃えて何事かと驚いた。よほど重要なことの報告か相談事があったのだろうと推察した。

御留守居役は将軍不在の折の城の守りの責任者だが、役目はそれだけではない。大奥の総務や取締り、城内の武器や武具の管理など多岐にわたると聞いていた。江《え》戸《ど》城内での発言力が大きいという話だ。

馬上の主を中心にした一行は、門前から去ってゆく。

用人の西山がこれを見送っていた。

弐吉は傍に寄って、挨拶《あいさつ》をした。世話になった折の礼も口にした。

「商いに、精を出しているか」

黙礼を返した西山は、声をかけてくれた。

「はい。お陰様にて」

「ならば重畳」

西山はそれで行ってしまいそうになったので、弐吉は慌てて話しかけた。

「勘定奉行様お二人が顔を揃えてのお出かけとは、畏《おそ》れ入りましてございます。さすがは溝口様」

まずはそう言ってみた。来訪の詳細についてなど話すわけもないが、関心はあった。

「曲淵様は、当家とは縁続きだ」

「なるほど。溝口のお殿様は重いお役に就いてらっしゃるので、いろいろとご相談に見える方も多いのでございましょうね」

「うむ。ご公儀は札差《ふださし》仕法について何か考えているらしいぞ」

御歴々は札差商いのやり方について話をしたらしいが、どこか冗談めかした口ぶりにも聞こえた。

「何事でございましょう」

「さあな。その方は、商いに励めばよい」

と言われた。分かっていても、口にするつもりはなさそうだ。

「まことに、さようで」

札差に関わることではあるにしても、西山の口ぶりから、このときは重大な話だとは考えなかった。それで西山は門内に入った。

二

弐吉が笠倉屋へ戻ってきたときには、蔵前橋《くらまえばし》通りには薄闇が這《は》い始めていた。吹き抜ける風が、わずかに冷気を感じさせた。

「おい」

声をかけられた。腰に房のない十手を差し込んだ冬太《ふゆた》である。きかん気の強そうな目をしていて、いかにも身ごなしが軽そうに見える。

冬太は、元は地回りの子分の子分で町の嫌われ者だったが、今は南町《みなみまち》奉行所定《じょう》町廻《まちまわ》り同心城野原市之助《きのはらいちのすけ》の手先をしている。弐吉より一つ歳上で、蔵前橋通りの裏手にある長屋で一人暮らしをしていた。

探索で初めは怪しまれた弐吉だが、今はすっかり親しくなった。父弐助の仇討《かたきう》ちのときには、力になってもらった。会えばどうでもいいような立ち話をして笑い合う。

「お文さんは、達者か」

冬太は近頃、お文の様子について問いかけて来る。はっきり口にはしないが、どうやら冬太は、お文に気があるらしい。

前に弐吉が、お文に拵《こしら》えてもらった玉子焼きの一切れを分けてやった。それ以来のことだ。

「まあ」

冬太は気のいい男だが、だいぶ図々《ずうずう》しい。お文について、あれこれ問われるのはあまり面白くなかった。大事にして隠しておきたいことを、遠慮なしに探られるような気持ちになるからだった。

笠倉屋の二軒先の札差近江《おうみ》屋の店先に、人だかりがあった。駕籠《かご》が二丁停まっている。

提灯《ちょうちん》の明かりで、近江屋の主人喜三郎《きさぶろう》の姿が見えた。

黒地に三枚小袖《こそで》で、膝下《ひざした》まである長羽織に金糸を使った五つ紋、鮫鞘《さめざや》の脇差《わきざし》を差し込んでいる。取り巻きの幇間《ほうかん》が、三味線を鳴らしていた。贅沢《ぜいたく》の限りを尽くす十《じゅう》八大通《はちだいつう》の一人として知られた男だ。

「さすがはお大尽様だねえ」

「北国へ、鳴り物入りでご出立かね」

讃嘆とも妬みとも取れる声が聞こえた。　北国とは、吉原の別の呼び名だ。今夜も遊郭で派手に遊ぶのだろう。

近江屋の商いは、順調に見えた。笠倉屋からすれば、無茶な貸し方をしていた。それで返せなくなった札旦那に、御家人株や娘を売らせたことがあると聞いている。

もう一人、似たような衣装を身につけた若い男が駕籠に乗り込もうとしていた。笠倉屋の貞太郎である。喜三郎の尻《しり》について、いっぱしの遊び人のような顔つきだった。

「ご立派な身なりで、押しも押されもしない札差笠倉屋の若旦那です」

これまで通り、おべんちゃらを言って送り出す猪作だが、どうも様子がいつもと違う。どこか投げやりに言っている気がした。

貞太郎は若旦那の役割を果たせないだけでなく、素人女を孕《はら》ませて堕胎させたり貼り紙値段にまつわる不祥事を起こしたりして、店の内外で極めて評判が悪かった。

猪作はそれの手助けをして、信用を落とした。今では後から奉公した弐吉よりも店での立場は下になった。前には下の手代や小僧をけしかけて意地悪をしてきたが、今はできなくなった。

大きなしくじりをさせて、弐吉を笠倉屋から追い出そうと謀っていたこともある。

「猪作の野郎も、貞太郎にはだいぶ嫌気がさしてきたんじゃあねえか」

冬太が言った。様子を見ていて、同じことを感じたらしかった。

「いくら尻尾《しっぽ》を振ったところで、あの体たらくでは何の得にもならねえからな」

冬太は続けた。吉原行きの二丁の駕籠が店の前を発った。三味線の音が、高くなった。

「近江屋さんの遊びっぷりは、いつもながら派手だねえ」

「まったく。出入りの直参《じきさん》から、よっぽど吸い上げているんだろうよ」

見ていた者が話していた。

このときだ、向かいの商家の軒下に高禄《こうろく》とは思えない身なりの主持《しゅうも》ちの侍が立っていて、出立する二丁の駕籠を厳しい表情で見ているのに弐吉は気がついた。左手を、腰の刀に添えている。

冬太に伝えた。

「駕籠を襲いそうですね」

「まったくだ」

頷《うなず》いた冬太が答えた。侍は、動き出した駕籠をつけて行く。捨て置けない気がした弐吉と冬太も後に続いた。

近江屋らは船宿で一服してから、舟で吉原へ向から。

人気《ひとけ》のない船着場へ向かう道へ出たとき、侍は顔に布を巻いた。

「いよいよやるぞ」

「止めましょう」

弐吉と冬太は駆け出した。近江屋や貞太郎を守ろうとしたのとは、少し違った。侍に無体な真似をさせたくないという気持ちだった。

「お止めくださいまし」

刀を抜こうとする侍の腕を掴んだ。

「ええい、離せ」

「いけません」

侍はなかなかの膂力《りょりょく》だったが、二人は手の力を抜かなかった。振り飛ばされそうになって、足を踏ん張った。

その間にも駕籠は船宿の前に着いて、おかみや女中が提灯を手に迎えた。こうなると襲えない。

「ううっ」

侍は、呻《うめ》き声を上げた。

「近江屋さんを、狙ったのですね」

弐吉が尋ねた。責める口調にはしていなかった。

「あやつは、われら札旦那から長年にわたり金子《きんす》を搾り取り、あのような贅沢三昧《ざんまい》の暮らしをしている」

侍は、憎々し気な声で言った。それで近江屋の札旦那だと分かった。刀を抜いて襲おうとしたのだから、よほどの恨みがあるのだと窺《うかが》えた。

「御腹立ちは分かりますが、刀を抜いて襲っては、御家が断絶となります」

弐吉は穏やかに言った。

「このままでは、どうせ家は潰《つぶ》れる。ならば一矢報いねばならぬ」

御家人株を失うところまで、追い詰められているのだと受け取れた。

「返済期限が、迫っているのでございますね」

「そうだ」

肩を落とした。興奮が治まると、急に覇気がなくなった。顔の布を外した。

「いつでございましょう」

「来月の半ばだ」

「ならばまだ、一月《ひとつき》あります。できる手立てをなされば」

「もうすべてしたのだが、どうにもならぬ」

「ないと思っても、探せば何かあるかもしれません」

その場しのぎの、薄っぺらな慰めの言葉だと自分でも感じた。借りている金子は、札差株《ふださし》を売らなくてはならないほどの額だと察せられる。困窮した侍に金を貸すのは、札差以外には阿漕《あこぎ》な高利貸しくらいのものだ。弐吉にできることは何もなかった。

侍は、肩を落としたまま、立ち去って行った。

「じゃあ、おれも行くぜ」

冬太も言い残して、濃くなった闇の中へ歩いて行った。

第一章　貸金総額

一

店の戸はすでに閉じられ、弐吉は潜り戸から中へ入った。帳場には明かりが灯っている。

「ただいま戻りました」

弐吉は清蔵に、訪問先の様子を伝えた。それからついでのように、溝口屋敷前で柳生と曲淵を見かけ、西山と話をした内容を伝えた。

「そうか」

聞き流すと思ったが、清蔵は腕組みをして何か考えるふうを見せた。五十二歳だが、主人金左衛門と共に、笠倉屋を支えてきた。やり手の番頭として、蔵前橋通りで知らない者はいない。

清蔵の真剣な面持ちに、弐吉は少しばかり驚いた。

行燈《あんどん》の明かりが、風もないのに小さく揺れた。何も言えずに戸惑っていると、清蔵が呟《つぶや》いた。

「やはり何かあるのかもしれない」

「な、何でしょう」

どきりとした弐吉は問いかけた。清蔵は、過去を振り返るような顔になってから口を開いた。

「昨年の天明八年三月のことだ。町奉行所は、札差の貸金利息を一割八分から一割五分に引き下げると決めた」

当時、町奉行は柳生久通だったと付け足した。

「そういえば、そのような話がありました」

弐吉はまだ小僧だったが、金左衛門や清蔵が話をしているのを、小耳に挟んでいた。問いかけなど許されないが、主人や番頭のやり取りには関心を持って耳を傾けていたのである。

早く一人前になりたいという気持ちがあったからだ。初めは言葉の意味など分からなくても、聞いているうちに何となく分かってきた。

「札旦那《ふだだんな》には、都合のいい話でございました」

これまでは、一割八分まで取ってよいとされた利息が、一割五分までとなる話だった。札差にとっては利幅が薄くなって面白くない。

「うむ。だが翻《ひるがえ》している」

多くの札差たちは、胸を撫《な》で下ろしたと聞いている。札旦那たちは不満だったと見えて、いまだに苦情を口にする者がいた。

「札差側が、動いたのでしょうか」

「いや、申し入れなど何もしなかった」

「何もしなくても、御公儀の方がお取り止めになったわけですね」

「そうだ。おかしいと思っただけで、安堵《あんど》はなかった。嫌な予感があった」

これは清蔵の考えだ。公儀が直参《じきさん》を差し置いて、札差のために何かをするなど考えられないという判断だ。

おかしいと感じた札差は、他にもいたらしい。しかし大きな声で、それを口にする者はいなかった。藪《やぶ》をついて、蛇が出てきては困るからだろう。

「もっと札差側が負担を強いられると、見ていたわけですね」

「そうだ」

諸色は値上がりをしても、禄米《ろくまい》は上がらない。天下の直参とはいっても、暮らしぶりは年を経るごとに厳しくなってきた。借財も溜《た》まってきた。笠倉屋の貸金残高も、これまでにない多さになっていた。

これを救済するためには、直参が金を借りる札差に負担を求めるのが、公儀のやり方ではないかと清蔵は受け取っていたという話だ。

「昨年の、利下げの触《ふれ》を出そうとした町奉行は、おまえが顔を見た曲淵様だった。それが今は勘定奉行となっている」

「なるほど。柳生様とお二人で御留守居役の溝口家を訪ねたことや、西山様の話を重ね合わせると、不穏な気配が漂ってきますね」

「西山様が口にした札差仕法ということがまことならば、その中身について練っているのではないか」

清蔵が気になったのは、当然だと感じた。だとすれば弐吉が溝口屋敷で見て聞いた話は、清蔵の危惧《きぐ》を裏付けたことになる。

ふうとため息を一つ吐いてから、清蔵は言葉を続けた。

「その触《ふれ》の中身は、だいぶ練り上げられているような気がする」

「昨年の利息の引き下げ案から、一年以上たっています。西山様はご公儀という言い方をなさいましたから、ご老中様の意を受けた曲淵様が中心になって、案を練っているのかもしれません」

　弐吉の推察だ。

「うむ」

「でしたら確かに、案はそろそろまとまりそうですね」

「最後の、詰めかもしれない」

「それで溝口様の意見を聞いたということですね」

「おそらくな。近頃勘定方のお役人や町年寄の樽屋《たるや》与左衛門《よざえもん》様から、商いの内容についての問い質《ただ》しがたびたびきている。これとも、符節を合わせたようだぞ」

　そういえば昨日も、勘定方の役人が来ていた。

　町年寄は、江戸の町方行政を担った町人側の筆頭責任者といった立場にいる者である。それは商家の小僧でも、よく分かっていた。

　職務は町方に関わる広範なもので、町奉行等からの触《ふれ》を各町名主へ伝達したり、上水に関する事項や諸種の問屋組合の統制などを行ったりした。下意上達のため、町名主などからの意見聴取、町や商人《あきんど》などに問題が起こった場合の仲介や内済、宗門改や人別改、名主の任免なども行った。

　表通りの商家の旦那衆に対して、圧倒的な権限を持った者である。名の知られた大店《おおだな》や老舗《しにせ》の主人でも、頭が上がらない。

奈良《なら》屋と樽屋、喜多村《きたむら》の三家が月番で江戸の町政を担っていた。奈良屋の当主は市右衛門《いちえもん》で、樽屋は与左衛門、喜多村は彦右衛門《ひこえもん》を名乗った。弐吉は手代になってから、それぞれの屋敷に金左衛門や清蔵の供で出向いて、三人の顔だけは目にしていた。もちろん、言葉を交わすなどない。

「どのような中身になるのでしょうか」

札差《ふださし》に不利とはいっても、具体的にどの程度のものか。

「見当もつかないが、相当札差側に不利なものになるのではないか」

清蔵は、渋い顔になって答えた。

「利息の上限を、一割五分よりも低くされるのでしょうか」

「そういうことではないかもしれぬ」

それならば、昨年の計画と同じようなものだ。まったく見当はつかない。

夕飯どきになって、奉公人は台所に集まる。めいめいの箱膳《はこぜん》を棚から下ろして、玄米に麦の交ざった飯と味噌汁《みそしる》を自分でよそう。

食べ盛りだから、皆腹を減らしている。

菜は小僧には香の物がつくだけだが、手代になると一品加えられた。今日は竹輪の煮付けだった。小僧のときはそれが羨《うらや》ましくて、早く手代になりたいと精を出した。他の小僧も同じだろう。

手代から順に、飯や汁をよそう。猪作は一人で食べ始めた。前は猪作の周りに小僧が集まったが、今はそれがなくなった。貞太郎絡みで、しくじりが続いた。

札差の手代としての仕事は、充分にこなした。やり手といってもいい。しかし貼り紙値段のときは、輸送を命じられた百両という大金を奪われた。貞太郎が赤子を孕《はら》ませた常磐津《ときわず》師匠に、堕胎を指図した。他にもまだあって、信用を無くした。奉公人たちは、猪作には寄り付かなくなった。今では弐吉の方が、金左衛門や清蔵に重んじられていると分かるからだ。

猪作とは、元は同じ小僧として、愚痴を言い合ったり助け合ったりする時期もあった。けれども数年前から、弐吉に対しては冷酷な態度を取るようになった。そのわけは、弐吉の商人としての力を認めたからだと察していた。小僧の内に、追い出してしまおうという腹だったに違いない。

何かの折、ふと誰かに見られていると感じて目を向けると、相手は猪作だった。

すぐに視線は外されたが、粘っこい目つきで苦いものが飲み込んだ唾液《だえき》に混じった。今では単に嫌うだけでなく、恨みとか憎しみなどを持っているように感じられた。弐吉のせいで、自分が虐げられていると受け取っているからか。弐吉は貼り紙値段の折には、事件の解決に尽力した。貞太郎や猪作の尻拭《しりぬぐ》いをした形だ。

猪作とは、用事以外では口を利かない。

弐吉が汁をよそっていると、お文が姿を見せた。味噌汁のおかわりを持ってきたようだ。

お文は、いつもは無口だ。笑う姿を見ることはほとんどない。黙々と仕事をしていた。とはいえ小僧たちをないがしろにすることはない。熱を出して寝込めば、看病をしてやる。

奉公人には関心を示さないお徳やお狛とは、まったく違った。

二

弐吉と別れた冬太は、近江屋を襲おうとした侍の後をつけた。行く先の目当てがないといった、緩い歩き方だった。肩を落としたままだ。

背後から見ているだけでも、思案しながら歩いているのが分かった。

「まさか、侍が身投げなどはしねえだろう」

侍が借金返済で追い詰められ、御家人株を売らなくてはならない破目に陥ったという話はたまに耳にする。しかし札旦那《ふだだんな》が、その札差の主人に斬りかかろうとした話は聞いたことがなかった。

止めなければ、斬りかかっていたのは間違いない。結果として討ち取れたかどうかは分からないが、かっとなる質《たち》なのは明らかだ。

やることもなかったので、冬太は退屈しのぎに侍の事情を探ってみようと考えた。長屋へ帰っても、誰もいない。

再度どこかで、近江屋喜三郎を狙うかもしれない。そうなれば、城野原の調べとなる。

侍は、両国橋《りょうごくばし》を東へ渡った。東西橋袂《とうざいばしたもと》の広場には、田楽で酒を飲ませる屋台や夜泣き蕎麦《そば》屋が店を出しているが、目をやる気配はなかった。通り過ぎる町の者は、不気味な気配の侍を避《よ》けた。

町地を過ぎて、武家地に入った。慣れた道らしく、月明かりだけを頼りに歩いて行く。

侍が立ち止まったのは、本所北割下水《ほんじょきたわりげすい》の南側、百坪程度の古びた屋敷が並ぶあたりだった。木戸門を開き、声をかけて玄関の中に消えた。

侍の屋敷らしい。冬太は中を覗《のぞ》く。屋敷に明かりは見えないが、若い男と女の声が聞こえた。

「お帰りなさいませ」

倅《せがれ》と娘だと察せられた。主人が帰っても、明かりは灯《とも》らない。節約しているのか。それでも弾んだ話し声が聞こえた。

暗がりの中だが、屋敷の様子に目をやった。手入れの行き届かない荒れた印象の住まいだと感じた。

たまたま通りかかった若侍に、誰の屋敷かと尋ねた。

「宇根原左之助《うねはらさのすけ》殿のお住まいだが、何用か」

「破落戸《ごろつき》に絡まれて難渋をしていましたところ、こちらの御主人様にお助けいただきました」

するっと言葉が出た。若侍が、それを信じたかどうかは分からない。ともかく問いかけを続けた。

「どのような御役に就いておいでなので」

「就いてはおらぬと存ずるが」

「無役か」

と思ったが、これは口には出さなかった。さすがに家禄《かろく》までは訊《き》けないが、敷地の広さから察して百俵あたりだろうと考えた。

若侍が立ち去って、しばらく屋敷の様子を窺《うかが》っていると、近くの道からほろ酔い加減の侍が姿を見せた。提灯《ちょうちん》を手にしていたのでその姿がはっきり窺え、身なりからして浪人者ではないと分かった。

「ご機嫌でございますね」

へらっとした口調になって、声をかけた。

「ひっく。それがどうした。無礼をいたすと許さぬぞ」

酒のにおいが、鼻を衝《つ》いた。体が揺れている。

「御無礼など、とんでもない。ちと、お伺いしたいことがありまして」

「何だと」

腹を立てた様子だった。町人が声をかけて来たのが、無礼だと感じたのかもしれない。

そこで冬太は、侍の袂に安い酒ならば二、三合が飲める程度の銭を落とし込んだ。

相手が素面《しらふ》の侍ならば、そういうことはしない。何かあれば、急いで逃げる。

「どういうことだ」

酔っていても、銭を落とされたことは分かったらしい。怒りの声ではなくなった。

「もう少し、飲んでいただこうと思いましてね」

といって笑って見せた。

「ううむ」

侍は、酒臭いげっぷを一つした。立腹の様子はまったく消え、まんざらではない表情になった。

「宇根原様のことはご存じで」

「いかにも。存じ寄りだ」

この近くが住まいらしい。

「いろいろたいへんなご様子で、案じております」

神妙な口ぶりにした。

「まあ、そうだな」

それまでよりも、声が小さくなった。

「どのようなご様子で」

「できの良い倅を持った。そのために、早く役を得たかったのであろう」

「御役を得るために、金子《きんす》をお使いになったわけで」

「まあそんなところではないか」

「でも札差《ふださし》は、そんなに貸したのでございますか」

「あの家の蔵宿《くらやど》は、ずいぶんと貸したようだ。わしのところは、吝《しわ》いがな」

十年近く前の借金が返せない札旦那でも、何年も先の禄米を担保に金を貸す札差があるとは、弐吉から聞いたことがあった。けれどもそれは、気前のいい札差というわけではなかった。

借りた金子は、利息をつけて返さなくてはならない。目先の金子が欲しい札旦那は、借入額を増やしてゆく。貸してくれる札差は、そのときは好都合でも実は己の首を絞めてきていた。

御役に就かなければ、いくらよくできた倅でも、出世の見込みはない。出世をしなければ、家禄は増えない。直参《じきさん》などと威張っても、他に生きる道はなかった。

「哀れなもんだぜ」

胸の内で呟《つぶや》いた。宇根原は今、都合よく貸してよこした札差に、食い潰《つぶ》されようとしているのだった。

冬太は見聞きしたことを、弐吉に伝えておくことにした。

酔っぱらいの侍と別れると、笠倉屋の裏木戸へ行った。冬太は戸を叩《たた》いた。お文が出て来ることを望んだが、現れたのは小僧だった。お文が現れたら、話をしたい気持ちがあった。

「うまくはいかねえな」

冬太はまだ、夜にお文を直《じか》に訪ねることはできない。また会いたいという気持ちは、弐吉には気づかれないようにしているつもりだった。

二十歳になるお文は、明らかに行き遅れだ。それには何かの事情があると察していた。気になるが、弐吉も詳しいことは分からないらしい。訊いてみたいが、それはできなかった。ただ話をする機会は、出来るだけ作りたいと思っていた。

お文はいつも店の中にいて、なかなか外へ出てこない。

「そうですか。出世して加増になれば、借金は返せると踏んだのでしょうが、願った通りにはならなかったわけですね」

話を聞いた弐吉は、そう言った。

「よくある話だが、あのお侍、思い詰めていたらまたやるかもしれねえ」

それだけ伝えて、冬太は笠倉屋を出た。

三

翌朝、弐吉は店が開くと、いつものように現れた札旦那《ふだだんな》と対談をする。暖簾《のれん》を出す前から、店の前で待っている札旦那がいた。

五月に直参の給与である切米《きりまい》があって、札旦那は一息ついた。それで訪れて来る札旦那の数は減った。しかしそれから三月《みつき》目ともなると、資金繰りが苦しくなるらしかった。

次の切米は十月で、まだだいぶ間がある。この数日、金を借りに来る札旦那が増えてきた。

九月も後半になると切米までもう少しだと辛抱をするが、八月後半あたりから九月の前半にかけては、借りに来る者がだいぶ多くなる。

金貸しは稼業だから金談には応じるが、言われたままに貸すわけにはいかない。

笠倉屋では五年以上前の借金が返せない札旦那や、すでに五年先の禄米までを担保に貸している札旦那には、原則として貸さないことにしていた。

禄米は取りはぐれのない品として担保になるが、六年も七年も先の年では話にならなかった。返済が難しい相手には、とても貸せない。

近江屋などのように、求められるままに貸す店も少なくないが、笠倉屋ではそれをしなかった。金左衛門や清蔵の方針である。

商いは、店と客が互いによしとする間柄でなくてはならないという考え方が根にあった。条件に当てはまった札旦那ならば気持ちよく貸すが、限界を超えた札旦那の場合は基本的には貸さないようにした。

貸さないのは意地悪からではない。貸金を増やしていけば、それにつけて利息も増える。宇根原のように、御家人株を売らせるまでに追い詰めるのは、札差としての本意ではないと考えるからだ。

ただ札旦那は金に困っているから借りに来るわけで、相手にするのは厄介だ。苦境を伝え、情に絡めて借りようとする者が目立つが、それだけではない。

この日弐吉が最初に相手にしたのは、家禄《かろく》五十俵の椎谷仙之助《しいやせんのすけ》という札旦那だった。まだ七年前の貸金が返済できておらず、五年先の禄米まで担保にして借財を増やしていた。店としては貸せない札旦那だ。

体と声が大きくて、頑固だ。こちらの話をまともに聞かない。己の思いばかりが先に出る。

侍は町人にはおおむね傲慢《ごうまん》だが、この侍はその点では筋金入りだった。

「札差は直参の役に立ってこそ、その役目を果たすというものだ」

「はあ」

「店もその方も、そういうことがまるで分かっておらぬようだ」

と責め立ててきた。さっさと追い返したい気持ちを抑えて、話を聞く。

「札差は、誰もができることではない。御公儀に守られ、商いをしている。そして御公儀を支えているのは、我ら直参だ。その方らが、直参を守らないでどうする」

「しかし金子のことでございますから」

「馬鹿を申すな。金よりも大事なのが、受けた恩義を返すということだ。そのようなことも分からぬようでは、人として恥ずかしいぞ。もっと深い精神を養え。修業が足らぬぞ」

説教になった。

それを聞くためにここにいるわけではないが、しばらくは逆らわずに聞く。ただ番を待っている札旦那がいた。

「あいすみません。もうしばらくお待ちを」

弐吉は、そちらに声をかける。待たされる方は、苛立《いらだ》っている。説教中の札旦那は、待っている札旦那に目をやった。

それでようやく、声が小さくなった。

貸金の残額が大きくても、銀十匁までは手代の裁量で貸せる。手ぶらで帰らせるわけにはいかない場合もあるからだが、そこで折り合いをつけられるように仕向けるしかなかった。

怒らせて帰らせない。というのが、金左衛門や清蔵の方針だ。しかし、それも度重なれば、馬鹿にできない額になる。

「どうかこれで」

手間取ったが、五匁銀を握らせて帰らせた。

次に相手をしたのは、勘定奉行配下で家禄百俵の支配勘定を務める菅野治兵衛《すがのじへえ》なる札旦那だった。

弐吉の頭の中では、夕べ清蔵と話した公儀が新たに出す札差仕法のことが大きな場を占めている。貸出利息を三分下げるだけではない、大掛かりな変更とは何か。

老中や勘定奉行、町奉行や町年寄が関わる新仕法だから、発布されれば従わないわけにはいかない。ならばできることは、その内容を少しでも早く知ることだった。とはいっても、それも難しい。

札差側が大きな負担を強いられることになる以上、その対処はすぐにも始めなくてはならなかった。

菅野との対談は高額ではなく、手子摺《てこず》ることもなく済んだ。そこで金子《きんす》を渡した後で、雑談といった形で問いかけをした。

「御勘定方も、いろいろと御用があってたいへんでございましょうね」

「もちろんだ。ご公儀の金子にまつわるすべてに関わるからな」

弐吉の問いかけに乗ってきた。金子が用立てられて、機嫌がいいらしい。

こちらにしてみれば、新たな札差《ふださし》仕法について何か知っているならば、聞き出したいところだ。

「四人の勘定奉行様が集まって、お話をなさることもあるのでございましょうね」

「それはままあるぞ。町奉行お二人も加わることがある」

どきりとした。釣り糸を垂らしたと同時に、浮きが引いたような気持ちだった。

「近頃は、そういうことが多くなったのでは」

気持ちを抑えながら、問いかけを続けた。

「そうかもしれぬな」

町年寄の樽屋が加わることもあると付け加えた。

「大きな話になりそうでございますね。何があるのでございましょう」

ここが、肝心なところだった。

「うむ。何であろうか」

やや考えてから答えた。演技ではなく、本当に知らないらしかった。

「よほど大事な、お打ち合わせなのでございましょうね」

と食い下がった。

「勘定方と町方の六奉行様がお揃いになるのだからな、まあそうではあろう」

当然といった顔だ。勘定方とはいっても、様々な部署がある。役目が変われば、分からないことが多い。また秘密裏に事を進めているならば、支配勘定あたりが知っているとは思えなかった。

とはいえ六奉行や樽屋の動きに何か変わったことがあれば、それは何を考えているか探る目当てになる。

「どこかのお役目がいきなり忙しくなるなど、あるのでございましょうか」

「いや、取り立てて何かの動きがあるようには見えぬが」

菅野からは、六奉行や樽屋の考えについて、具体的なものは一切聞き出せなかった。

次の日にも、昼前に勘定方の札旦那《ふだだんな》が金談に現れた。少々揉《も》めたが、希望の金高を貸すことになった。

向こうが押し切った形になったので、満足していた。そこで弐吉は、六奉行の動きについて尋ねた。

「確かに六奉行が揃うことはある。しかし何の話し合いか、耳にすることはないな」

「札差にまつわることでしょうか」

「勘定方は、札差のことだけを考えているわけではないぞ」

と返された。具体的な何かが、分かることはなかった。

清蔵に頼まれ、弐吉は他の札差のところへ書状を持って用を足しに出た。返事の文を待っているときに、札旦那が途絶えた。そこで早速、手の空いた手代を捉《つか》まえて話をした。顔見知りの相手だ。

「ご公儀が札差仕法について、何か新しいことを考えているという話を耳にしたが、聞いているかね」

「いや。知らないね。いったいどこからそんな話が出たんだい」

逆に問われた。確証のないことだから、下手な噂を流すわけにはいかない。

「去年にあった利率引き下げの話が、そのままになっているからね。根も葉もない話でも、気になってね」

「確かに、あのときはひやひやしたが」

「あの話がまたぶり返すのは、いただけないからね」

それでごまかした。札差の間では、六奉行や樽屋の動きについてはまだ話題にもなっていなかった。

四

「何かあるのは間違いない」

弐吉はそう考えている。どこに当たったら、全貌《ぜんぼう》を窺《うかが》うことができるのか。思案しながら蔵前橋通りを歩いていると、お浦《うら》に声をかけられた。

「ずいぶん難しそうな顔をしているけど、何かあったのかい」

馴《な》れ馴れしい口を利いてきたお浦は十八歳で、母親お歌《うた》が商う浅草元旅籠町《もとはたごちょう》の小料理屋雪洞《ぼんぼり》で手伝いをしている。札差の番頭や大店《おおだな》の若旦那、職人の親方などがやって来る店だ。

お歌とお浦の母娘《おやこ》は、共に評判の別嬪《べっぴん》で明るく伝法な性格だから店は繁盛していた。

弐吉は小僧だった頃に、狂犬に襲われそうになっていたお浦を助けてやった。それ以来の間柄だ。

店の客には考えて接するのだろうが、弐吉には腹にあることを、そのまま口から出してしまう。無鉄砲なお転婆だと感じることもあるが、ときにはそれが、なるほどと思うこともあった。

「まだありませんが、これから蔵前に大きな何かがあるかもしれない」

「嫌だ。怖いじゃないか」

驚いて見せる顔は愛らしい。

「いや。お浦さんには、関わりないと思いますが」

「何だよ。仲間外れにするのかい」

拗《す》ねて見せた。

「そうではなくて、札差商いのことですから」

「ふーん。ならば起こらないうちからくよくよしても、仕方がないんじゃないかねえ」

「それはそうだが」

お浦の言うことはもっともだが、必ず起こるだろう何かのために動いている人物が多すぎる。しかも身分のある者たちだ。とてつもない高波だと分かるから、何とかしなければと思うのだ。

「でも難しそうな顔をしている弐吉さんは、ずいぶん大人っぽく見えた」

「ほう」

「だからちょっと、声が掛けにくかった」

「そんなこと、気にすることなんてないですよ」

いきなり大人っぽいと言われたのには驚いた。自分では考えたこともなかった。お浦には、そう見えたということだ。

返答に困っていると、お浦は笑顔を見せた。いつもの明るい顔だ。

「くよくよしない方がいいよ」

飴玉《あめだま》を弐吉の口に押し込むと、お浦は行ってしまった。この飴玉は、いつものことだ。口中に甘さが広がって、ほんの少し気持ちが和らいだ。

店に戻った弐吉は、再び札旦那との金談に加わる。

「おい、次はあの客の相手をしろ」

猪作は、弐吉に面倒な札旦那を押しつけてくる。居丈高な者や、脅しを入れる者、しつこく泣き落としをしてくる者などだ。

対談したのは藍沢荘兵衛《あいざわそうべえ》という家禄《かろく》七十俵の御徒衆《おかちしゅう》で、頑固で激昂《げきこう》しやすい人物だった。すでに五年先の禄米まで担保にして金を貸していた。九年前の借金も返済しきれていない。

笠倉屋としては貸せない相手だった。

「銀四十五匁を用立ててほしい。ないと義理を欠く」

「なるほど、それはたいへんでございますね」

頭ごなしには断れない。藍沢が抱える義理は笠倉屋には関わりないことだが、話だけは聞かなくてはならない。聞かなければ激昂し、さらに面倒なことになる。手間のかかる御仁だ。

札差《ふださし》は荒れる札旦那のなだめ役かと思うこともあるが、これも仕事のうちだ。頷《うなず》きながら、喋《しゃべ》らせるだけは喋らせた。

「ご事情は、分かりました。藍沢様にとっては大事なお付き合いのお相手のようで」

「そうだ。本来ならば一両欲しいところだが、銀四十五匁という話をしておる」

「なるほど、畏《おそ》れ入りました」

そこでいったん区切ってから、弐吉は困惑の表情を拵《こしら》えた。

「何とかいたしたいのでございますがねえ」

ここまで一気に言ってから、さらに顔を顰《しか》めて見せた上で続けた。

「これ以上ご用立てしますと、藍沢様がお困りになるのでは」

「どうしてわしが困るというのだ」

むっとした顔になった。弐吉は、売り言葉に買い言葉とならないように配慮する。

「十月には、切米《きりまい》がございます。それまでお待ちになってはいかがでしょう」

「待てぬから、来ている」

「さようでございましょうが、そうなると十月のお受け取り額が、その分だけ減ります」

利息分も引かれると、これはさらりと口にした。

「ううむ」

藍沢家の貸金の綴《つづ》りを取り出して、わざと音を大きくして算盤《そろばん》を弾《はじ》いた。

「お受け取り額が、ご覧のとおり減ります。これまでの貸金の利息も嵩《かさ》んでいますので」

弾いた算盤を見せた。藍沢は目も向けなかったが、現れた数字は、見なくても分かっているはずだった。

「分かっておるがな。何としても、用立ててもらわねばならぬ」

「いや、もうぎりぎりかと」

口調は柔らかいが、後には引かない気持ちで伝えた。相手の事情を充分聞いた上で、伝えていることだ。

怒鳴りつけられるかと覚悟をしたが、それはなかった。

「笠倉屋は、他の札差とはずいぶん違うな」

「…………」

これまでとは、反応が違う。怒声が上がるところだが、今回はなかった。何を言い出すのかと、様子を窺った。

「近江屋では十年前の借金がまだ返せぬ者でも、貸すというではないか」

恨みがましい目が向けられている。

「しかしそれでは」

切米の折の取り分が、極めて少なくなる。するとまた、金を借りなくてはならない破目に陥る。悪循環だ。傘張りなどの内職をしたとしても、家計が立ち行かなくなるのは明らかだった。

行きつくところは、娘や御家人株を売らなくてはならない悲惨な末路だ。そして昨日、近江屋喜三郎の駕籠《かご》を襲おうとした侍のことを思い出した。宇根原左之助という者だと、冬太から聞かされた。男女の子どもがいる家の様子もだ。

「借り手は、それでもかまわぬと申しておる」

「いや。近江屋さんは、取り立てても親身になってございましょう」

「あそこは借り手に対して、とても親身になって応じているではないか」

近江屋は、いざとなれば株を売らせればいいと考えている。だから貸せるのだ。親身だなどとは、とんでもない話だ。

主人の喜三郎は、そうやって巻き上げた金子《きんす》を使って、十八大通などと呼ばれて吉原で豪遊をしている。

「近江屋だけではないぞ」

「はあ」

「浅草瓦町《かわらまち》の大口屋《おおぐち》も、同様だと聞くぞ」

主人は弥平治《やへいじ》で、商いのやり方としては近江屋に近かった。どちらも、長い期間を貸している。

それは言われるまでもなく知っていた。

弥平治は派手な遊びはしないが、それだけに貯《たくわ》えているだろうと弐吉は踏んでいた。

「切米の折の手取りが少なくなって、難渋したという話も聞きます」

さすがに札差株を手放したという話はできない。追い詰められている札旦那《ふだだんな》なら、誰もがそうなる虞《おそれ》がないわけではなかった。

さらに四半刻《しはんとき》やり取りをして、どうにか銀十匁で帰らせた。去ってゆく後姿を目にしていると、ふうとため息が出た。

五

藍沢を帰らせた弐吉は、雪隠《せっちん》で用を足した後で裏の井戸へ行った。庭の草叢《くさむら》の一角に、赤紫の小さな蝶《ちょう》が何羽もとまっているのが見えた。

「まさか今頃」

驚いて目を凝らすと、蝶ではなく萩《はぎ》の花が群れて咲いているのだった。どうりで小さく動いていても、飛び立たないはずだった。

釣瓶《つるべ》を使って水を汲《く》んでいると、台所からお文が姿を見せた。他に人はいない。

手に、饅頭《まんじゅう》二つを載せた皿を持っていた。

「大おかみさんとおかみさんのために拵えたのですが、御裾《おすそ》分けです」

笑みを浮かべたわけではないが、台所で他の奉公人がいるところで見せる表情とは明らかに違って柔らかい。それが弐吉の気持ちを癒《いや》した。

「ありがとうございます」

一つをつまんで、口に運んだ。お浦が口に入れてくれた飴《あめ》の甘さとは、違う味わいだ。ほのかに温《ぬく》もりが残っている。

「美味《おい》しいです」

顎《あご》の付け根が、痛くなるようだった。二つを同時に食べてしまうのは、惜しい気がした。残りの一つは、手拭《てぬぐ》いに包んで懐に入れた。そして今、藍沢から聞いた近江屋や大口屋の商いについて話した。

「そういうお店があると、やりにくいですね」

「まったくです」

「札旦那も、追い詰められていきます。近江屋さんでは、札旦那がご主人の駕籠を襲おうとしたそうな」

「どうしてそれを」

驚いた。お文ならば、口が堅い。軽々に誰かに漏らすことはないが、弐吉はまだ話していなかった。

「冬太さんから訊《き》いたんです」

昨日夕刻、買い物に出てばったり会い、声をかけられたのだとか。

「へえ。そうですか」

驚きがあった。冬太も隅には置けないと、少し警戒した。面白くはなかった。

「笠倉屋では貸し金についての限りはあるにしても、長い目で見て札旦那を困らせない貸し方をしています」

「まったくです」

「己の利しか考えない店は、いつか必ず天罰が下されます」

「そうかもしれませんね」

天罰というのが、公儀が下す札差《ふださし》の新仕法なのか。そんな話をしてから、弐吉は店に戻った。

店に戻ると、清蔵に呼ばれた。

「ちと、私についてきなさい」

「はい、どちらへ」

「町年寄の樽屋さんのところへ行きます」

商いの貸金高などについての調べの依頼があった。その回答の文書ができたので、持参するのだと続けた。気になる新札差仕法に関わるものだと思うから、清蔵が自ら届けて話をしようという腹らしかった。

大事な話に同道を許されるのは、弐吉には光栄なことだった。交わされる話の内容に、関心があった。

店を出るとき、対談をしている猪作と一瞬目が合った。憎しみと嫉妬《しっと》の混じった目だと感じた。かつては猪作が同道を命じられることが少なくなかったが、今ではまったくといってよいほどなくなった。

「では、出かけてきますよ」

清蔵が奉公人たちに声をかけ、弐吉がその後について行く。

清蔵に連れられた弐吉は、日本橋《にほんばし》や常盤橋《ときわばし》に近い本町《ほんちょう》二丁目の角地に立った。繁華な通りで、人や荷車がひっきりなしに通ってゆく。馬上の侍や僧侶《そうりょ》の姿も見られた。

樽屋の屋敷は、ここに百六十坪の拝領地を得て、役宅は路地を入った奥の部分を使っていた。表通りに面した部分は、商家に貸している。

「このあたりは大店老舗が並ぶ江戸の一等地だから、賃料はそうとうなものになるだろうよ」

周囲を見回しながら清蔵が言った。樽屋は他にも、元数寄屋町《もとすきやちょう》や岩代町《いわしろちょう》、米沢町《よねざわちょう》などの繁華な町にも拝領地を得ていた。

敷居を跨《また》ぐと土間があり、そこの腰かけには、すでに面談を待つ町の者の姿があった。商いの悶着《もんちゃく》を抱えてやって来たのか。

清蔵は訪問の約束をしていたので、待たされることもなく面談の八畳の部屋へ通された。

与左衛門は四十前後の歳で長身瘦軀《そうく》、背筋がぴんと張っていて、町人というよりも侍に見えた。ちらと目にする限りでは強面《こわもて》だが、清蔵には笑顔を見せた。

「わざわざお運びいただき、恐縮です」

「いえいえ、いつもお世話になっております」

清蔵は、与左衛門とは親しい様子だった。文書を渡し、少しばかり札旦那たちの金談に関する話をした後で、清蔵は本題に入った。

「六奉行様と樽屋さんがお集まりになって、いろいろとご審議をなさっている様子でございますね」

「私は、町の者というところで、思うところを述べさせてもらっています」

「寛政のご改元があって、それが増えたと聞きますが」

「そうでしょうかね」

与左衛門はとぼけているように、弐吉は感じた。

「新たな札差仕法ができるという話を、ご直参《じきさん》から伺いました」

「ほう、どちらからでしょう」

口元から笑みが消え、やや目つきが鋭くなった。

「いえ、噂でございます」

清蔵も、なかなかの策士だ。誰とは言えないので、やんわりと答えにくい問いかけを外しながら話を進めている。

「なるほど。噂ですか」

「昨年の、貸出金利の上限を下げる話が沙汰《さた》やみになりました」

「そうでしたなあ」

顔に、警戒の気配が浮かんでいる。とはいえ清蔵の言葉を、遮ろうとする気配はなかった。ちゃんと聞いている。

「新たな触《ふれ》が出るだろうとは、覚悟をしていましたが」

これは清蔵の本音だ。文書は手代の誰かに届けさせれば済むが、それをしないで清蔵がわざわざ届けに来た。少しでも話を聞けたらという思いがあるからだ。

「札差にとって、厳しいものになるとお考えなのですね」

与左衛門は、清蔵の気持ちを察した顔で問いかけてきた。眼差《まなざ》しに、憐《あわ》れむような気配を感じた。

「昨年の話を、止めた上でのことですから」

清蔵が、迫った印象だった。

「ううむ」

やや迷うふうを見せてから、与左衛門は口を開いた。

「私はその中身について、お話しすることはできません」

きっぱりとした口調だった。情には流されない人物だ。正直な人だとも、弐吉は感じた。

与左衛門はそのまま続けた。

「なにしろご老中様のお声がかりでございますので」

「さようでございますね」

清蔵は頷《うなず》き、それで引き揚げることになった。帰り道、話をした。

「樽屋様は、何もお話しになりませんでしたね」

弐吉は、思ったことを口にした。

「いや。そうでもないぞ」

清蔵は答えた。意外な反応だ。

「はあ」

「相当に厳しいものになる」

「そうでしょうけど」

与左衛門が、憐れむような目を向けたことを思い出しながら弐吉は返した。

「あの方は、わざわざご老中様ということを口にされた。その意味は大きいぞ」

「…………」

「よほど大きなことが起こる。だからこそ、ご老中という言葉を出して知らせてくださされたのだ」

もう予想ではないと、清蔵は伝えていた。はっきりと、札差《ふださし》にとって不利な、大掛かりな何かが起こる。触《ふれ》として出される以上、それは笠倉屋だけでなく、他のすべての札差も避けられないことなのだと弐吉は受け取った。

六

暮れ六つ（午後六時頃）の鐘が鳴ると、小料理屋雪洞には一人二人と客がやって来る。

「いらっしゃい。お待ちしていましたよ」

おかみのお歌が、顔を見せた常連の建具職の親方に声をかけた。お浦も声を合わせる。いつものことだ。

お歌は満面の笑みで、本当に親方を待っていたのではないかと思えるほどだ。三十代後半の歳だが、三十代前半にしか見えない。艶《つや》やかな黒髪で、鼻筋の通った顔立ち。娘である自分が見ても、きれいな人だと思う。それで愛想がいいのだから、店が流行《はや》るのは当然だとお浦は感じる。

次に現れたのは、札差の番頭だ。これも常連で、お歌は客の面白くもない冗談を笑みで返しながら店の奥へ導いた。

そして少しして姿を見せたのが、貞太郎と猪作だった。

「ああ、また来た」

と思うと、口開けから気持ちが重くなる。

「お浦ちゃん、今日も可愛らしいね」

心にもない歯が浮くような言葉を、貞太郎は何のためらいもなく口にする。何度聞いても、嬉《うれ》しくもない言葉だ。猪作は、にこりともしない目を向けてきた。貞太郎と同じように、どこか粘っこいと感じる眼差しだった。

「まあ、そんな。お上手ね」

嬉しそうな顔を作って返してやる。初めはそういうのが嫌だったが、今は慣れた。貞太郎はお金を使ってくれるから、店としては上客だ。

「お上手なんかじゃないさ。私の心底の気持ちだよ」

そこで手を握られた。少し湿った、生温かい手だった。そっと離そうとしたが、強く握られていた。

邪険に振り払うことはできない。

「気持ちが悪い」

口から出そうになった言葉を呑《の》み込んだ。猪作は、無表情な目でやり取りを見ている。

「あら、嬉しい」

そう返して、座らせようとする。

「分かるだろ。私の気持ち」

貞太郎は動かず、立ったまま続けた。

「ふん、何を言うんだ」

やはり胸の内で、毒づいた。つい一昨日、近江屋と大騒ぎをして吉原へ繰り出したばかりではないか。界隈《かいわい》の者ならば、誰もが知っている。常磐津の師匠を孕《はら》ませて、堕《お》ろさせたという話も耳にした。

それでよく、そういうことが言えると呆《あき》れる。

「役立たずのくせに」

という思いもあった。それでつい、言葉が出た。

「でも札差では、これから大きなことが起こるんじゃあないですか。それも何だかたいへんなことが」

昼前に、ばったり弐吉と会って話を聞いた。真剣な表情だった。何かあるのは間違いない。それに立ち向かおうとしているから、大人っぽく見えたのだと今になって思う。

貞太郎には、甘っちょろいことを口にしている場合じゃあないだろと告げたつもりだった。

「何もありはしないさ。誰だい、そんなしょうもないことを言ったのは」

気にもしていないのか、まったく何も知らないといった様子だった。

「弐吉さんですよ」

「あいつか」

一瞬で、苦々しい顔になった。

「あいつは、お浦ちゃんをからかっただけですよ。あいつはそうやって、さも自分が大事なことをしているように、見せているだけなんだ」

それは違う。何かがあるから、弐吉は深刻な顔をして歩いていたのだと分かる。

それをどう伝えようかと考えていると、お歌が寄ってきた。

「さあさあ、腰を下ろして、一杯やってくださいな」

それでようやく、貞太郎は手を離した。お浦はすぐにも手を洗いたいと思ったが、じっと堪《こら》えた。

「おい。飲みに行くよ」

店の戸が閉められたところで、猪作は貞太郎から声をかけられた。面倒だという気持ちが湧いたが、それは呑み込んだ。

煽ててさえいれば、うまい酒を飲める。親しくしていれば、先行き店での立場もよくなると考えて、手代になってからはご機嫌取りをしてきた。一緒に、気に入らない弐吉を追い出そうと手を組んだこともあった。

しかしうまくいかなかった。

貞太郎は自尊心だけは強いが、身勝手で考えが浅い。そんな貞太郎に嫌気がさしてきていた。弐吉の追い出しにしくじったのは、貞太郎が使えないやつだったからだ。己に都合のいい、甘い見立てしかできない。

「こんなやつとつるんでいたら、ろくなことにならない」

身に染みて感じていた。前は、後ろ盾になって利用してやろうと企《たくら》んでいた。しかしこの調子では、たとえ笠倉屋の主人になっても、自分一人では何もできないだろう。

騙《だま》されて、身ぐるみ剝《は》がされるのがおちだ。

そもそもお狛やお徳がいなくなったら、店から追い出されると見るようになった。付き合いたくはないが、笠倉屋にいる以上、今さらどうにもならない。苛立《いらだ》たしさが腹の内で積もってきていた。

雪洞で酒を飲むのは嫌ではないが、貞太郎の女癖の悪さにもうんざりしていた。また後始末をさせられるに違いなかった。割に合わない役目だ。

雪洞では、お浦を口説いていた。お浦は明るくてとっつきはいいが、しぶとい娘だ。貞太郎を嫌っているのは見ていれば分かる。それでも相手にしているのは、笠倉屋の跡取りだからだ。

貞太郎は、それが分からない。お浦も、自分になびくと思っている。

二人のやり取りの中で、猪作が気になったのは、弐吉が口にしたらしい「札差では、これから大きなことが起こる」という言葉だった。

弐吉には怒りと憎しみしかないが、その場や状況を見る眼力の鋭さと動きの素早さは認めていた。だからこそ、笠倉屋から追い出したいと考えていた。

結果としては、自分の方が危なくなっている。このままではいけないと考えていた。焦りもあった。

「何かが起こる」

とは、店にいても感じていた。それは金左衛門や清蔵、そして弐吉の動きから察せられた。勘定方や町年寄からの問い質《ただ》しが多くなったのも、おかしいと感じていた。

ただ何かがありそうだということを、実感したわけではなかった。しかしお浦から聞いた言葉は、これまで気になっていたことを裏付けたように感じた。

弐吉は分かって動いているが、貞太郎や自分には伝えられていないだけだ。だからこそ、弐吉が憎かった。

「ならば、おれだってそこに絡んでやる」

弐吉にだけ手柄を立てさせてなるものか、猪作はそう決意した。

七

「さあ、集まれ」

弐吉が、四人の小僧たちに声をかけた。四人は、押入れに入っていた小机を引っ張り出す。

早朝からの仕事が終わって夕食も済んだが、まだ眠るわけにはいかない。

番頭の清蔵や手代たちが交替で、半刻《はんとき》ほどの間、小僧たちに読み書き算盤《そろばん》を教える。金左衛門は、札差《ふださし》商いでの心得を語った。

居眠りは許されない。算盤の角で、頭を叩《たた》かれる。

この日は弐吉が当番だった。他の手代は、勝手なことをして過ごす。貞太郎と猪作は、店を閉じた後ですぐに出かけて行った。酒でも飲みに行ったらしい。

小僧たちは早朝に起こされ、目いっぱい働かされる。疲れているし、眠くなる。嫌がる小僧もいたが、弐吉は文字や算盤を習えるのが楽しかった。小僧のときから、この時間が待ち遠しかった。知らなかった文字を覚え算盤の腕が上達するのが嬉《うれ》しかった。

小僧たちはこれから、共に笠倉屋を支えて行く商人《あきんど》になる。

「ちょっと、こちらへおいで」

終わった後で、金左衛門の部屋へ呼ばれた。清蔵も同席していた。命じられていたのか、お文が茶と練羊羹《ねりようかん》を持って来てくれた。

練羊羹などあることは知っていたが、口にしたことはなかった。驚くべき厚遇だといっていい。

「お食べ」

と金左衛門に告げられて、恐る恐る口に入れた。甘くておいしかったが、二人に見つめられていると、じっくり味わうことができなかった。ただ添えられていた茶は、格別の味だった。

「昼間樽屋へ行って、与左衛門さんと話をしてきた」

「へえ」

「おまえも話を聞いていたわけだが、札差仕法の改正について、考えられることを言ってみなさい」

と清蔵が言った。これが呼び出した目当てらしい。

「はあ」

考えなかったわけではない。利息一割八分までが一割五分になる以上の話だとすると、どうなるのか。最も苛烈《かれつ》な場合を踏まえて、考えたことがないわけではなかった。ともあれ口にした。

「これまでの分の利息を、すべてなしにしろというものではないでしょうか」

ただいくら何でも、そこまでやるかという疑念はあった。

「十年前に貸して、まだ返済できていないものもあるからな」

驚きもせず、清蔵は答えた。

十年前に貸した金子《きんす》について、これらの元はとうに取れていた。しかし商いとして金を貸すとは、元が取れればそれでいいというものではなかった。

「はい。元金だけ返せばいいというような話では」

「うらむ」

金左衛門と清蔵は、腕組みをして考え込んだ。あっさり否定されるかと思ったが、そうではなかったので驚いた。

「他にあるか」

「これまでの分については触れないにしても、これから三年なり五年なり、利息を五分程度にしろというような」

これも、札差にとっては痛い。先行きの利益が激減する。しかし弐吉は、もっと厳しい触《ふれ》が出ることも頭に描いていた。貸金のすべてを、なしにさせるというものだ。ただささすがに怖ろし過ぎて、口にはできなかった。

「他にはどうだ」

「困窮する札旦那《ふだだんな》に、公儀に代わって禄高《ろくだか》に応じて金子を与えるというような」

「給付ということか。返さなくてよい金子だな」

「さようで」

一時金といった発想だ。札差に金を出させて、公儀が配るということになるだろう。受け取る直参《じきさん》は、札差にではなく、命を下し金子を配る公儀の重役に感謝することになる。

「出させられる額は、どれくらいと考えるか」

「見当もつきませんが、千両とかの額で」

千両というのは、根拠があっての数字ではない。そんな程度という予測だった。

「他にも、思いつくことはないか」

と告げられた。

「それは」

練羊羹という厚遇を受けた。考えないわけにはいかない。弐吉は、口に出そうとしてやめた、貸金のすべてをなしにされるという考えも伝えた。

「そこまであるか」

金左衛門と清蔵は、顔を見合わせた。

とはいえ思いつきばかりで、根拠があるわけではなかった。ただそこまで考えていれば、何があっても、驚くことはないだろう。

何を口にしても、金左衛門と清蔵は否定をしないですべて聞いた。そして命じられた。

「うちの貸金の詳細を洗い直すのだ」

大まかな総額は分かっている。札旦那一人一人の貸金の総額と返済状況を調べろというものだった。

「かしこまりました」

昼間は、札旦那がやって来る。店を閉じてからの仕事だ。小僧たちへの読み書きの指導は免除された。

翌日弐吉は、店を閉じた後に、各札旦那の貸金状態を記した札差帖《ちょう》を文机《ふづくえ》に積んだ。御家によって厚さが違う。

まず手に取ったのは、家禄二百俵以上の御目見《おめみえ》の札旦那からだ。笠倉屋札旦那の、およそ二割に当たる。

最初は、先日出産の祝いを届けた家禄三百俵の旗本相馬猪三郎だった。

知行地を与えられ、そこから年貢を得て収入とする直参は地方《じかた》取りと呼ばれた。現物の米で給与を支給される直参を、蔵米取りと呼んだ。蔵米取りは家禄を俵で表し、地方取りは石で表した。

蔵米取りは高禄でも家禄四百俵あたりまでで、三百俵以下となれば小旗本といった括《くく》りになる。御目見以下の御家人では、蔵米取りが圧倒的に多くなった。

家禄三百俵の相馬家は、笠倉屋の札旦那の中では高禄の方だ。綴《つづ》りをめくってゆくと、四代前から記録があった。

加増や減封があったり、御役料を得られるようになったりすると、手にする米の量は変わる。しかし相馬家は、往時から家禄は変わっておらず、貸金は少ないときで九十六両、多いときには二百四十五両という状況だった。

前の借金を返せぬまま、先の年の禄米を借りるということが続いている。時代によって、利率も変わっていた。

相馬家で今残っている未返済の金子は、八年前のものからで、そのうち五年以上前の貸金は、元利合わせて百十二両ほどあった。五年以内のものが、六十二両。

「古いものが、意外に多いではないか」少しばかり驚いた。さらにこれから先の禄米を担保にした貸金が四十一両あって、すべて合わせて二百十五両となった。

とはいえ驚くほど多いわけではない。三百俵という家禄は、他の札旦那と比べればはるかに高禄だ。

元金は減らないが、利息の払いは滞っていなかった。古いものは、すでに元金以上の利息を得ていた。相馬家には、まだ貸せる。

貸出先としては優良といってよかった。ただ何年前のものでも、元金だけ返せばよいとされたならば痛手は大きい。相馬家の借金について、いろいろな状況に当てはめて考えた。

「やはり年数で区切って、利息を切り捨てさせるのか」

とも考える。だとすると、五年あたりが区切りになりそうだ。

次は家禄二百八十俵の井本清次郎《いもとせいじろう》という札旦那だった。ここは五年以上前のものが二百四十四両で、五年以内のものが百四両、先の禄米を担保にしたものは七十一両あった。合わせて四百十九両で、これはもう貸せる相手ではなかった。

貸金のすべてを帳消しにするという最悪の場合を想定すると、相馬家よりも井本家の方が衝撃が大きいことになる。

この日は御目見の札旦那を対象にして検《あらた》めた。

五年以上前のものに限っても、合わせると二千六百両近くあった。総計では、四千八百両超となる。御目見だけでこの金額だった。空恐ろしくなった。

第二章　返金依頼

一

冬太は同心城野原の命を受けて、町廻《まちまわ》りをしていた。蔵前橋通りを神田川《かんだがわ》方面へ歩いて行く。城野原は阿漕《あこぎ》な同心ではないが、町廻りでは時折手を抜く。冬太が蔵前橋通りを歩き、何かあったら城野原に伝える形だ。

食い逃げやかっぱらいといった小事件は、どこかで起こっている。遭遇すれば関わるが、おおむね町の者たちで片をつけていた。

「どきやがれ。ぼやぼやしていると、弾《はじ》き飛ばすぞ」

荷車を引く人足が、声を上げていた。真新しい米俵を満載にしていた。

「ありゃあ新米だぜ」

「おお。もうそんな時季になったのか」

道端に避《よ》けた行商人の声に、笊《ざる》の振り売りが応じた。どちらもどこか弾んだ響きになっている。数年前には天明の飢饉《ききん》と呼ばれるものがあった。米不足で米価は跳ね上がり、諸色の値上がりを招いた。

新米の到来は、誰もが嬉《うれ》しいのだ。この時季がきた、という気持ちだ。飢饉の折は、新米の俵を見ないで終わったという者もいた。

「仕入れたのはどこの店だい」

「早く亭主や子どもに食べさせたいねえ」

裏店《うらだな》暮らしらしい女房が話をしていた。

蔵前橋通りは札差や米問屋が目立つ通りだが、その中に間口二間の筆墨屋があった。いつもならば、気にも留めないで通り過ぎる。

そこから二十歳前後の女が出てきて、通りがかった冬太と目が合った。

「これはお文さん」

どきりとした。いきなり現れたから驚きはしたが、お文でなければどきりとはしない。

「おや、冬太さんでは」

お文は会釈をした。地味な着物で相変わらず笑顔はなく、控えめな印象だった。

挨拶《あいさつ》をしたお文はそのまま行ってしまいそうだったので、冬太はすぐに話しかけた。

「おかみさんのお使いですか」

お文がお狛やお徳の傍で、仲働きをしていることは知っている。こういう機会があることを待っていた。向かう方向は違ったが、かまわず並んで歩いた。

「いえ。私が使うのです」

手に持っているのは、細筆と半紙だった。

「ほう。書をやるんですか」

少し驚いた。弐吉は何も言っていなかった。

「そういうことは、ちゃんと話しておけ」

胸の内で呟《つぶや》いた。お文は清蔵の縁者で下働きではないから、その程度の楽しみは許されるのだと察せられた。

「ずいぶん長いんですかい」

「まだ二年半ほどです」

「ならば、なかなかの腕前ってえことじゃないですかね」

「いえいえ、それほどではありません」

「一度、見てみたいものだが」

「それはちと」

困った顔が、愛らしく感じた。迷惑顔ではないのが幸いだった。もっと話をしたかったが、笠倉屋の店の前に着いてしまった。

「それでは」

お文は、裏木戸のある路地へ入った。短い間だったが、二人だけで話ができたのは、幸いだった。

「初めは、これでいい」

冬太は呟いた。とはいえ、物足りない気持ちはあった。

それから蔵前橋通りに目をやった。そろそろ夕闇が道に這《は》い始めている。同じ町内にある近江屋に目が行った。浅草御門の方から歩いてきた侍が、店の敷居を跨《また》いだ。その侍に、冬太は覚えがあった。吉原へ向かう近江屋の主人喜三郎を襲おうとした宇根原左之助だった。

宇根原は何年にもわたって拵《こしら》えた借金の返済日が、間近に迫っていると聞いた。もう鐚銭《びたせん》一枚借りられない身の上だ。

「まさか昼日中、刀を抜いて騒ぐわけではあるまい」

何しに来たのかと中を覗《のぞ》いた。対応する手代と何かやり合っていた。宇根原は、必死に何か頼んでいる気配だった。

顔見知りの手代がいたので、問いかけた。

「返済期日を、延ばしてほしいと言ってきているのですよ」

と手代は、迷惑顔で言った。昨日も来たそうな。もうじき直参《じきさん》ではなくなるかもしれない相手だが、今は相手にしていた。

「いつまでかね」

半月や一月《ひとつき》延ばしたところで、どうにもならないはずだ。

「十月です。次の切米《きりまい》まで、待ってくれという話ですが」

「なるほど」

切米が出たところで返そうという腹なのだと分かったが、それで返し切れるのかと思った。それではもう、どうにもならない額なのではないかという意味でだ。

「あの札旦那《ふだだんな》は、だいぶ追い詰められているんじゃないのか」

「そうです。十月の切米まで待ったところで、すべては返し切れません」

「するとどうなるのか」

「御家人株を売っていただくしかないでしょうね。それ以外では、返金できないわけですから」

「ならばなぜ、無駄なことをしているのか」

「次の切米で一部分を返せば、後は何とかなると考えているのではないですかね」

渋い顔になった。

「延ばしてはやらないわけだな」

「ええ。一人にそんなことをしたら、次々に同じような話を持ちかけられます。せめて五、六年よりも前の貸金を返していただいていたら、事情も変わるのでしょうが。次の切米だけでは、それも無理です」

札差《ふださし》の側からしたら、そうだろうなと思われた。主人の喜三郎は、吉原で湯水のように金を使っている。稼がなくてはならないだろう。

「どれくらい借りているのかね」

「それは商いのことですので」

手代は、さすがに額については答えなかった。そこまで貸したのは近江屋ではないかと思うが、借りたのは宇根原だ。

宇根原は四半刻《しはんとき》ほど粘ったが、肩を落として店の外に出てきた。近くにいた冬太には目も向けなかった。気づかなかったようだ。

とぼとぼと数歩進んだが、そこで意を決したように足早に歩き始めた。

「いきなりどうした」

気になった冬太は、後をつけることにした。幅広の蔵前橋通りを右折して、横道へ入った。住まいとは違う場所へ向かっている。

すると立ち止まった場所は、浅草福井町《ふくいちょう》の瀟洒《しょうしゃ》な隠居所といった風情の一軒家の前だった。

「なるほど」

冬太は、この家を知っていた。高利貸し佐渡屋《さどや》忠助《ただすけ》の家だった。城野原の町廻《まちまわ》り区域の中の一軒である。どこへ行っても相手にされなくなった者が、最後に駆け込む家として界隈《かいわい》では知られていた。

「ここで借りたら、二度と浮かび上がれない」

と噂されている高利貸しだ。般若《はんにゃ》の忠助と綽名《あだな》されている。

立ち止まった宇根原は、しばし迷う様子を見せたが、戸を開けようと手を伸ばした。そこで冬太は、慌てて声をかけた。

「宇根原様、その家の戸を開けてはいけませんぜ」

名を呼ばれて、宇根原は驚きの顔を向けた。

「その方は」

一呼吸するほどの間があってから、思い出したらしかった。

「佐渡屋は確かに貸すかもしれませんが、借りたらば終わりですぜ」

「…………」

「御家人株を売るだけじゃあ、済みません。娘さんまで、女郎屋へ売らなくちゃならなくなりやす」

脅したのではない。事実を伝えたのだ。

宇根原の顔が強張《こわば》った。

「ではどうしろと」

絞り出すような声だった。冬太には、答えられない。けれども戸を開けてしまったら、もうどうすることもできないのは確かだ。

宇根原は、一度ひっこめた手を再び伸ばした。戸を開けようとしたが、指先が震えていた。手を引っ込めると、足早に立ち去って行った。

二

その翌日も、さらに次の日も、弐吉は帳場で札旦那への貸金の洗い直しをした。算盤《そろばん》で数字を拾い上げてゆく。

三日目は、家禄《かろく》百俵未満の札旦那のところだった。この層が一番多くて、全体の四割五分になった。

先日大きな声を出してごねた藍沢荘兵衛は家禄七十俵の御徒衆《おかちしゅう》で、五年先までの禄米を担保にした貸金額は五十一両だった。以前の返済されない貸金残高は百四十八両あった。もっとも古いものは九年前で、五年以上前までの貸金の総額は、八十六両になった。

貸金の総計は、百九十九両となる。

家禄七十俵の御家としては、これ以上は貸せない。近江屋や大口屋ならばさらに貸して、御家人株を売らせるまでやるかもしれないが、それは別の店の話だ。

さらに新たな綴《つづ》りを捲《めく》って、算盤を入れていった。七十俵から八十俵の家禄で、百両前後の貸金残高があるのは珍しくなかった。

「どこも、火の車だな」

呟《つぶや》きが漏れた。

家禄五十俵の無役青柳壱右衛門《あおやぎいちえもん》は話の分かる札旦那で、金談に現れても大きな声を出すことはなかった。けれども何があっても、銀五匁以上は出せない相手だった。

五年先までの禄米担保で五十四両、過去の貸金残高は百三十七両で、そのうち五年以上前のものは八十四両あった。総計では百九十一両だ。小柄だが筋骨のたくましい、四十男の金壺眼《かなつぼまなこ》を思い出した。

「ふう」

算盤を弾《はじ》き終えた弐吉は、ため息を吐いた。笠倉屋に出入りする札旦那で、貸金のない者はいない。

かつては家禄四百俵の札旦那黒崎禧三郎《くろさききさぶろう》がいたが、不正が明るみに出て御家は取り潰《つぶ》しになった。猟官に金を使っていたが、その金を得るために不正に手を染めた。一年前、黒崎の不正を暴いたのは弐吉だった。別の調べの中で、昔、父の弐助を死に追いやった侍が黒崎だと分かった弐吉の、商人として精一杯の仇討ちであった。

弐吉の父親弐助は、市谷《いちがや》で浅蜊《あさり》の振り売りをしていた。坂道で勢いの止まらなくなった荷車から老婆を守ろうとして、商売物の浅蜊で黒崎の袴《はかま》を汚してしまった。腹を立てた黒崎は、弐助に殴る蹴《け》るの狼藉《ろうぜき》を加えた。それがもとで、弐助は数日後に亡くなった。

そして弐吉を育てるために無理をした母親のおたけも、二年後に病死した。

弐吉は十歳で天涯孤独の身の上になって、笠倉屋へ奉公をした。武家には恨みがあったが、侍すべてが黒崎のような者ばかりではないことは笠倉屋へ奉公して知った。金に困って汲々《きゅうきゅう》としている者が少なからずいることも分かった。

藍沢や青柳のような高額の貸金残高がある札旦那《ふだだんな》は、少数ではない。小禄の札旦那こそ、禄高での借金額の割合が大きかった。

庭に畑を造り、傘張りの内職をしても追いつかない。

夜遅くなって、ようやくすべての札旦那の借金額を検《あらた》め直すことができた。

今から五年先までの貸金の総額は、合計で六千四百十二両あった。過去の未返済の貸金の総額は一万三千四百三両で、そのうち五年以上前のものが八千百六十五両という内訳だった。合わせると、一万九千八百十五両だった。

「とてつもない額だ」

日々札差の手代として貸借に関わって過ごしてきた。だからおおよその見当はついていたが、改めて自分の指で算盤を弾いてみて、その数字の大きさを実感した。

町木戸の閉まる四つの鐘が鳴っている。それに交じって、野良犬の遠吠《とおぼ》えも聞こえた。

どこかへ飲みに行っていた貞太郎と猪作は、少し前に戻ってきた。帳場にいる弐吉には目も向けなかった。いない者として扱っていたが、それは都合がよかった。尋ねられたら、どう答えればよいか困る。

金左衛門や清蔵からは、まだ誰にも言うなと告げられていた。

一息ついていると、違う足音が近づいてきた。顔を上げると、お文だった。

「お腹がすいたでしょ」

白米で、芋粥《がゆ》を拵《こしら》えてくれたのだ。行平から湯気が上がっている。清蔵の配慮だという。真っ白な粥《かゆ》の上に、輪切りにした赤甘藷《かんしょ》が三つ載っていて黒胡麻《くろごま》がかかっていた。黒胡麻の香りが鼻をくすぐった。

白米など、正月でも食べない。

「いただきます」

粥の塩加減と赤甘藷の甘みが混ざって、絶妙の味だった。一気に食べてしまうのがもったいなくて、途中で手を止めた。

「区切りが、つきましたか」

「はい。何とか」

何をしているかについては、前に話していた。幕閣が、札差仕法について何か企《たくら》みをしていることもだ。結果を伝えた。まだ金左衛門や清蔵には伝えていないが、お文ならばいいだろうと思った。

「ものすごい額ですね」

実感の湧かない表情だが、それは弐吉も同じだった。

「まったくです」

「札差《ふださし》は百軒ほどありますが、すべてを集めると、二百万両を超す額になるのではないですか」

「そうです」

数字だけが躍っていて、ますます実感が湧かない。とはいえ数字だけで考えるならば、二百万両では済まないのではないかと思った。笠倉屋よりも多額の貸金残高がある店が、いくつもあるはずだった。

「御公儀は、札差仕法をどう変えようというのでしょうか」

直参《じきさん》と呼ばれる将軍家の家臣は、旗本がおよそ五千二百家、御家人が一万七千家あると弐吉は聞いている。そのうちの旗本の四割四分は地方取りだが、それ以外は御家人を含めておおむね蔵米取りとなる。

それら蔵米取りの直参たちが、百余りの札差から、暮らしのために金子《きんす》を借りている。

「御公儀は、ご直参が借りているお金をどうにかしようというわけですね」

「札旦那の方々は、暮らしに困っています」

それは札差の店にいれば、嫌でも分かる。その状況を、弐吉ら手代は札旦那たちから日々聞かされていた。

「御公儀は、ご直参を救うために何かをお考えのようですが、それはずいぶんと酷な話です」

お文は、胸にある憤りを抑えるような口ぶりだった。

「はい。己の腹は痛めず、札差に損を被《かぶ》せようというわけですから」

己の腹は痛めず、というところに力が入った。

「お武家というのは、いつもどこでも勝手なことをなさいます」

お文も腹を立てている。その口ぶりを聞いていて、「おや」と弐吉は思った。

お文のこれまでについて、詳しいことは知らない。訊《き》くこともできなかった。けれども今の様子を見ていると、武家に対する憎しみがあると感じられたのだった。

「いつもどこでも」という言葉に、弐吉は気持ちが引かれた。

弐吉は父親を、侍の手で死に追いやられた。恨みと憎しみを抱えて過ごしてきた。お文も武家に対して、同じような気持ちがあるのかと察せられたのである。

お文は中仙道本庄宿《なかせんどうほんじようしゆく》に近い山王堂《さんのうどう》村から、何かいられなくなる事情があって、縁筋の清蔵を頼って江戸へ出てきた。そのいられなくなった事情に、武家が絡んでいるのではないかと気づいたのである。

「お文さんも、お武家に酷《ひど》い目に遭わされたことが、あるのですね」

弐吉はつい、口にしてしまった。

「ええ、まあ」

お文は一瞬迷った様子だったが頷《うなず》いた。何か続けて言うかと弐吉は顔を見たが、お文は俯《うつむ》き加減なままだった。それでその先の問いかけができなくなった。

話すことを望んでいない。ならばこのまま聞き流そうと、弐吉は決めた。

「芋がゆ、おいしゅうございました」

そう言って頭を下げると、お文は台所へ戻っていった。

三

翌朝弐吉は、一番に金左衛門と清蔵に検めた結果について伝えた。

「そうかい」

おおよそ分かっていたことではあるが、二人は重苦しい顔になった。

「私には、およそ二万両という金高が、よく分かりません」

分かるのは、とてつもない金高だというだけだ。それがどれほどのものなのか、見当もつかない。

「まあ、そうだろうな」

清蔵が、わずかに表情を緩めて言った。そして問いかけて来た。

「米一石は、何合だ」

「千合かと」

一石は玄米二俵半で、一俵は四斗となる。したがって一俵を四百合として、一石を千合と考えた。もちろん精米をすれば、搗《つ》き減りが出るので一石も二俵半にはならない。ただこのへんの話だと、弐吉にもよく分かる。

「千石取りの旗本は、どれほどの金持ちか」

「それはもう、たいへんなものかと」

笠倉屋出入りの札旦那の中で一番の高禄《こうろく》だった黒崎は、家禄四百俵だった。片番所付きの長屋門で六百坪を超す広い敷地の屋敷に住み、何人もの家臣を抱えていた。

千石取りが受け取る年貢米は、四公六民として四百石となる。俵にすれば千俵で、黒崎の二倍半の収入という話だ。

「米の値は年によって上下するが、およそ年に四百両といったところだろう」

「す、すると二万両は、千石取りの御旗本の五十年分の実入りとなりますね」

「そういうことだ」

「はあ」

次の言葉が出なかった。まだ実態が見えない。

それから、札差全体の貸金総額についても話した。

「三百万両になるかもしれない」

金左衛門は言った。

「そ、それは」

腰を抜かしそうな金額だ。千石の旗本何年分の実入りなのかと考えてしまう。

「ご公儀は、何をするか」

続けて金左衛門から問われたが、これは前にも考えた。同じようなことしか、頭に浮かばない。すると清蔵が問いかけてきた。

「徳政令《とくせいれい》というものを知っているかね」

「いいえ」

意味はもちろん分からないし、耳にしたこともない言葉だった。徳政というくらいだから、よい命令だと感じる。

「将軍様が、民を守るためのお触《ふれ》でしょうか」

金左衛門が、鼻で笑った。

「将軍様が守るのは、民ではない。家来の侍だ」

「さようで」

その話がなぜ今出てくるのか、弐吉には訝《いぶか》しい。余所事《よそごと》にしか感じない。

「初めて出された徳政令は、今から五百年ほども前だ。そのとき都は鎌倉《かまくら》にあって、一番偉いのは北条貞時《ほうじょうさだとき》様という方だった」

「へえ」

そんな殿様の名など、聞いたこともなかった。そもそも五百年も前のことなど、考えもしない。

「その触《ふれ》が出る二十年ほど前に、この国は異国に攻められた。神風が吹いて助かったが、ご家臣たちは、その戦のための費えが大きかったので苦しい暮らしとなった」

「それを、将軍様が助けたわけですね」

「そうだ。しかしな、その苦境を助けるために、将軍様ご自身が何かをなさったわけではなかった」

「己の懐は痛めなかったのですね」

「うむ。御家人たちは、戦の費えを工面するために土地を売ったり、借金をしたりした」

それはそれで、たいへんだったには違いない。

「いったい、どのようなことをしたので」

「ご家来衆が、二十年以内に質入れや売った所領は、買った者が元の持ち主に無償で返せというものだった」

「ええっ、ただでですか」

「返さなくてはならない者は、たまらない」

「まったくで。徳政ではなくて、とんでもない悪政ですね」

聞いていると、他人《ひと》ごとではなくなってきた。

「その徳政令では、まだ問題になる話があるぞ」

「何でしょう」

「御家人の所領売買についての訴訟は、公儀は一切受け付けないというものだった」

「相対済まし令のようなものですね」

これは夜の学びの中で習った。金銀や銭の貸借の訴訟について、公儀は一切受け付けず当事者同士で相対（解決）することを命じた示談促進法令だ。

「土地を買った商人《あきんど》が、侍と悶着《もんちゃく》を起こして、太刀打ちできると思うか」

「できません」

相手は刀を持っている。悶着となったら、商人が泣き寝入りをするしかない。

「御公儀は、尻《しり》をまくっているわけですね」

例えは悪いが、弐吉にしてみれば頭に浮かぶ場面だ。

「うむ。御公儀の懐は痛まない。家臣からは喜ばれる」

「貸していた商人は、泣きます。それをやろうとしているのでしょうか」

徳川家が将軍になってからは、まだないそうな。

「やるかどうか分からないが、番頭さんと話をしていて、そのことが頭に浮かんだ」

「いろいろ考え合わせると、あってもおかしくはない」

金左衛門の言葉に、清蔵が続けた。

「そ、それでは、貸金のすべてを、なしにしろというのでしょうか」

弐吉は、自分の声が震えたのが分かった。想定した、もっとも厳しいものだ。

笠倉屋の貸金総額は、一万九千八百十五両だ。それがすべて露と消えたならば、店はやっていられない。

札差《ふださし》の商いは、主人の持ち金だけをもとにして貸しているのではない。金主がいて、そこからも借りて貸している。金主には、利息をつけて返さなくてはならなかった。

「そこまではしないだろう」

「やられたら、あらかたの札差が潰《つぶ》れます」

「そうなれば借金がなくなっても、札旦那《ふだだんな》たちは困るだろうからな」

禄米《ろくまい》の受け取りや換金は、慣れた者でなければ混乱する。商いなどしたことのない直参《じきさん》では、安値で買い叩《たた》かれるのがおちだ。

「では、どうするのでしょう」

「こちらが生き延びるかどうかの、ぎりぎりのところを狙ってくるのではないか。もちろん、何軒か潰れる程度ならばかまわないとしてだ」

そのために、商いの様子を調べていたということか。

「お上のすることは、酷《ひど》いですね」

昨夜したお文との話を思い出した。

「まったくだ。しかしな、されるがままにはなっていられない」

そう口にしたのは清蔵だった。金左衛門も頷《うなず》いている。

「まったくです」

やられたら、やり返さなくてはならない。

「そこでだ。我々に何ができるか、探ってみようではないか」

漠然とは考えたが、具体的にだ。

「企《たくら》みは、ずいぶん前からしていたようだ」

「そろそろ触《ふれ》が出てもおかしくない。急がなくてはならないぞ」

一番は、すべての貸金の回収ができればいいのだが、それは不可能だった。今朝も金を借りようという札旦那が、姿を見せている。

「少しでも、返してもらうようにお願いしましょうか」

弐吉は言ってみた。借りに来る者ばかりではなかった。それなりにゆとりのある札旦那もいるだろう。

金貸しとしては、無理に返させる必要はない。貸したままにして利息を得るのは悪いことではなかった。しかし今となっては事情が違う。

「それはやるべきだが、どれほど集まるか」

清蔵が呟《つぶや》いた。どこの札旦那も、内証が厳しいのは分かっていた。借りに来ないからといって、楽な暮らしとは限らない。

ともあれ、やってみることにした。

四

弐吉は金左衛門の命という形で、この一年借金に来なかった家を、朝から廻《まわ》ることにした。晴天で、高く青い空には鰯雲《いわしぐも》が浮いていた。

御目見《おめみえ》には木綿三反、御家人には一反を手土産にした。顧客に何かあったときのために、店が用意していたものだ。

一番年下の小僧新助《しんすけ》に葛籠《つづら》を担わせた。

一軒目に訪ねたのは、下谷練塀小路《したやねりべいこうじ》の家禄二百七十俵の椚田《くぬぎだい》伊兵衛《へえ》の屋敷だった。

ここには百二十六両の貸金があるが、この一年半ほどは金を借りるために笠倉屋へ顔を見せることはなかった。

持高勤めで二百俵高の御徒目付《おかちめつけ》組頭の役に就いていたが、四年前に三百俵高御役料百五十俵の表御祐筆《ゆうひつ》組頭への出世があった。ただ五年以上前の貸金残高が九十七両あって、これは切米《きりまい》の折に利息を受け取っていた。

一昨年《おととし》から年一両の元金返済があったが、それだけだ。もっと返せるのではないかと期待した。

御目見で出世をしたとはいっても、暮らしぶりが派手になったとは感じていなかった。ただ屋敷の修理などはされている。

譜代の家臣は用人と中間《ちゅうげん》が一人いるだけで、他の中間や若党は渡り者だった。切米のときに自家米を運んで妻女や子どもを目にしたが、地味な身なりで堅実な暮らしぶりだと感じていた。

片番所付きの長屋門は、今日も掃除が行き届いている。不思議な話だが、門のたたずまいを見ただけでその屋敷に勢いがあるかないか分かった。

「ここならば、返済をしてくれるのではないか」

当主の栩田は登城中で、姿を見せたのは初老の用人だった。新助は建物には入れず、裏門脇で待たせた。何のために来たかを、知らせないためだ。

「古い金子《きんす》については、このままでは利息が嵩《かさ》むばかりでございます。ここらで一括してご返済いただく方が、後々の負担が少なくなると存じますが」

あくまでも栩田家のための提案という言い方をした。元金が減れば、利息の額が減るという理屈だ。

「それは、殿とも話したことがあるぞ」

「ではぜひ」

「しかしな、新しいお役目でいろいろ物入りだった。二年前にお子も生まれてな」

渋い顔だった。分かっていても、なかなか返せない。ともあれ殿様と相談をするという話だった。

二軒目は、湯島《ゆしま》の家禄二百俵御鉄砲玉薬奉行《おてつぽうたまぐすり》の小泉栄次郎《こいずみえいじろう》の屋敷だった。ここには百九両の貸金があって、五年以上前のものが七十八両あった。

小泉は非番で屋敷にいた。

「いきなりどうした」

驚かれた。弐吉は丁寧な挨拶《あいさつ》をしてから、用件を切り出した。

「確かにここのところ笠倉屋の世話にはなっておらぬが、内証にゆとりがあるわけではないぞ」

話を聞いたところで、小泉は答えた。しかし問題にならないといった口ぶりだとは感じなかった。これを機に、考え直してもらえばいい。最後まで話を遮らなかったのは、多少なりとも関心があるからだと受け取った。

「いかがでございましょう。少しでも出せるならば、五年以上前のものの一部だけでも、ご返却なさっては」

七十八両の利息は、馬鹿にならないと伝えた。

「それはそうだが」

「今のうちにご返却いただければ、次に何かお困りになったときには、笠倉屋はお役に立てます」

元金を減らしただけ、利息の支払いは減ることも伝えた。分かっていることでも、あえて耳に入れた。考え直してもらうためだ。

「そうだな。ならば十両だけ、返しておこうか」

「それがよろしゅうございます」

幸先《さいさき》がいいと思った。

三軒目は、小石川《こいしかわ》の家禄百五十俵の御家人の屋敷だった。総額で、八十六両の貸金残高がある。主人は出仕していて、中年の妻女が相手をした。弐吉とは顔見知りだった。

「札差《ふださし》から借りれば、利息が要る。しかし一年半前に、娘が富裕な商家へ嫁いでな」

「お目出たいことでございます」

その話は聞いている。その折には、笠倉屋から祝いの品を届けたはずだった。

「そこからの助けがあるが、そういつもとはいかぬ」

「それはそうでございましょう」

「返すゆとりなどない」

ぴしゃりとやられた。気丈な質《たち》だというのは、前から感じていた。それ以上、勧めることはできなかった。

札差への出入りが途絶えているとはいっても、それぞれの御家の事情がある。さらに小日向《こびなた》、四谷、青山《あおやま》、麻布《あざぶ》、築地《つきじ》などの屋敷を廻った。札旦那《ふだだんな》の屋敷は、江戸の各所に散らばっている。

門前払いをする家はないが、露骨に嫌な顔をする者はいた。

「利息を払っているのだ、借りたままでも文句はあるまい」

とやられると、返す言葉がなかった。

「もうよい」

半分ほど話を聞いたところで、手を横に振る札旦那もいた。

九つの屋敷を廻ったが、湯島の小泉家以外では四谷の旗本が五両、麻布の御家人が三両だけだった。

廻った九つの御家は、札旦那としてさして内証が逼迫《ひっぱく》していないと見た者ばかりだ。それでも合わせて、十八両だけだった。これでは話にならない。

こうなると窮迫する札旦那たちでは、一文でも返すのは難しそうだ。五百年も前の徳政令は、「二十年以内に質入れや売った所領は、買った者が元の持ち主に無償で返せ」と無茶な触《ふれ》だった。そこまではいかないだろうという話だが、対策として、このままではにっちもさっちもいかない。蔵前へ向かう足取りは重かった。

五

弐吉は蔵前橋通りに戻ってきた。そろそろ夕暮れどきだ。茜色《あかねいろ》の日を受けた道端の芒《すすき》が、風に小さく揺れていた。

近江屋の前を通ろうとして、店先に顔見知りの手代が立っているのに気がついた。

弐吉は立ち止まって、近づいた。

「忙しいかね」

「まあまあだな」

「旦那さんは、相変わらず御達者かい」

相変わらず遊んでいるのかと尋ねたつもりだった。

「ああ、そちらの若旦那を引き連れてな」

十八大通と呼ばれて本人はいい気持ちだろうが、奉公人は愉快ではないだろう。

無茶な要求をする札旦那を相手にすれば、嫌な思いもする。ようやく一日が終わったと思うと、派手な身なりをした旦那が幇間《ほうかん》を伴って遊びに出かけてゆく。

そんな姿を見れば、腹立たしい気持ちになるのは当然だ。

けれどもそれは、奉公人だけではない。札旦那の宇根原左之助は、刀を抜いて襲おうとした。そこまではいかなくても、不快な思いをしている者は少なからずいるはずだった。

「どうやら今日も、お出かけらしい。支度をしているぜ」

やれやれといった顔だ。

「ではうちの若旦那も、お出かけか」

着飾って遊びに出る貞太郎を、お世辞たらたらで見送るのは猪作だけだ。他の者は、年少の小僧新助も苦々しい顔で見ている。

「そうだろうさ。十年後、二十年後の笠倉屋は、どうなっているのかね」

痛いところを突かれた。蔵前界隈《かいわい》では、誰もがそれを噂している。笠倉屋を守ったところで、代替わりをしてしまえば、店は傾くという考えだ。

近江屋喜三郎の浪費癖は誰もが知るところだが、商いについてはそれなりにやっていた。そこが貞太郎とは違う。

「まったくだ」

渋い顔をして見せた。貞太郎は、確かに使えない。使えないどころか、足を引っ張る。ただ今は、先のことは考えない。まずは自分が、商人《あきんど》としての力を身につければいいと考えていた。

「そちらには、宇根原左之助様という札旦那がいるね」

弐吉は、急に思い出したように問いかけた。

「ああ、いるよ。困ったものさ。毎日のようにやって来る」

「返済期限の引き延ばしにだね」

数日前に、冬太から宇根原と話をしたことを伝えられていた。

「そうさ。ついさっきまで粘っていた」

喜三郎襲撃を止めたとき、他の手立てを考えるように伝えた。それでまずは、次の切米《きりまい》があるまで、期限の引き延ばしをしようとしているのだと受け取った。

「宇根原様は、どういう御仁なのかねえ」

軽い口調で訊《き》いてみた。

「どうして、そんなことを訊くんだね」

近江屋にしたら、手間のかかる札旦那の一人というだけだろう。

「うちにも、いろいろと困った札旦那がいるからさ」

答えにならないことを口にした。

「宇根原様は、本所にお屋敷があって、家禄《かろく》は七十俵の無役さ」

「なるほど、苦しいところだ」

無役では出世の糸口がないから、収入増は見込めない。

「九年前の借金が返せず、総額で百八十二両になる」

「なるほど、そこまで貸したのか」

笠倉屋ならば、無役七十俵の札旦那にそこまでは貸さない。借りるときは都合がよいが、返済となるとできる額ではないのは分かっていた。

近江屋は、はなから御家人株を売らせるつもりだったのだと察せられた。

無役七十俵の御家人株ならば、それ以上高くは売れない。ここまでという判断をしたのだろう。遊び人の喜三郎だが、札旦那を見る目は鋭いようだ。

「ならば返済期限を延ばすなどは、絶対にない」

弐吉は胸の内で呟《つぶや》いた。

話をしていると、幇間が駕籠《かご》と共に姿を現した。どうやらこれから、喜三郎は吉原へ出立するところらしい。三味の音が高くなった。

弐吉は店から離れて、その様子を窺《うかが》うことにした。貞太郎のための幇間はいないが、笠倉屋にも貞太郎が乗る駕籠が停められている。三味線の音が聞こえたからか。貞太郎が姿を見せた。

面白がって、通りがかりの者が立ち止まる。

「ああ」

集まった人だかりの中に、宇根原の姿があった。襲うのかと緊張したが、先日のような殺気立った気配はなかった。

とはいえ憎しみに燃えた目を向けている。弐吉は近づいた。

「旦那」

横に並んで、声をかけた。

「おまえは」

弐吉に気がついたようだ。困惑の表情になった。

「あとひと月、辛抱してくださいませ」

「何か」

「札旦那に、都合のいいことが起こります」

「たわけたことを」

「いえ、まことにて」

詳しいことは言えない。いやこれだけでも、口にしてはいけないことだった。

だが、近江屋の阿漕な商いのせいで苦しむ宇根原の姿を目の当たりにして、思わず口走ってしまったのだ。

五百年前の徳政令のようなことが起これば、宇根原は御家人株を売らなくて済むだろう。それまで持ちこたえてほしい。そういう気持ちだった。

商人としては、もちろん触《ふれ》など出てほしくない。出るとしても、少しでも軽いものであってほしいと願っていた。けれどももし出るのならば、せめて宇根原のような者の救いになってほしいという気持ちもまた弐吉の本心だった。

宇根原らにとっても、予想もつかないことが起ころうとしている。弐吉は宇根原から離れた。

六

弐吉が店に入ると、札旦那《ふだだんな》は対談中の二人だけで、待っている者はいなかった。

そろそろ一日の商いも終わりという気配だ。

清蔵に一日の報告をしようとしたが、来客と話をしていた。相手は札差大口屋の番頭丑之助《うしのすけ》だった。同業ということで、たまに訪ねて来る。狸を思わせる風貌《ふうぼう》で、鼻の頭が赤い。赤狸と陰では呼ばれていた。歳は三十四で腰も低く見た目は好人物そうに見える。けれども時折見せる眼差《まなざ》しには、やり手で何を考えているのか分からないような、不気味な気配を漂わせていた。

「次の切米での貼り紙値段はいくらになりますかね。高いと札旦那は喜びますが、こちらはたいへんですよ」

丑之助がぼやいていた。公儀は直参《じきさん》のために、出来るだけ高い値をつけようとする。しかしその値が市価とあまりにかけ離れていると、買い手がつきにくくなる。札差《ふださし》としては厄介だ。

丑之助は、それを言っていた。

「御公儀も、無茶なことはなさりますまい」

清蔵は、当たり障りのない返事をしていた。大口屋と笠倉屋は同業の札差として、付かず離れずの間を保っている。ただ二つの店の間では、五年前切米の折に荷車の手配について揉《も》めたことがあった。

切米の折には、札旦那の屋敷へ求められた量の自家米の配達を行わなくてはならない。多くの札旦那は、当日の配送を望んだ。蔵米取りの家では、家の者すべてが切米の日を指折り数えて待っている。

迅速な配達のために、札差では多数の荷車と人足を必要とした。それらは事前に手配をしておくのが常だが、それで悶着《もんちゃく》になることがままあった。

話をつけたつもりだった荷車や人足の手配が他の店と重複して、直前になって使えなくなることがある。大口屋と笠倉屋では、五年前にそれがあった。

「それは、うちが頼んだ荷車と人足ですよ」

「いやうちです」

たかが荷車の手配だが、引き受けた日に配達ができないとなると、店の信用にかかわる。どちらも引くに引けない。

結局荷車は笠倉屋が使うことになり、大口屋はその日のうちに自家米を札旦那のもとへ届けることができなかった。具体的にどう始末したかは分からないが、大口屋には少なくない損失があったのは明らかだった。

今では表向き、何事もなかったように二つの店は同業として付き合っている。しかし主人の弥平治や丑之助の怒りや不満が、治まっているかどうかは思案の外だった。

「主人も番頭も、執念深いっていうからねえ」

「さぞや笠倉屋を恨んでいるよ」

「きっといつか、その仕返しをしてくるんじゃないかね」

笠倉屋の奉公人たちの間では、そう話していた。

弐吉は、対談する猪作と佐吉のやり取りを見るふりをして、清蔵と丑之助のやり取りに耳を傾けた。

「大口屋さんの番頭さんは、ぶらりとやって来て、うちの番頭さんの前に座り込みました。難しい話をしているようには見えませんが」

弐吉の問いかけに、新助はそう答えた。とはいえ丑之助は一癖も二癖もある人物だから、腹の底は分からない。近くまで行って、聞き耳を立てた。

「若旦那は、張り切っていますなあ」

たった今、吉原へ出て行った貞太郎を新たな話題にした。これは皮肉だ。

清蔵は無表情なまま、適当な相槌《あいづち》を打っている。楽しい話題ではない。清蔵が話に乗らないので、丑之助はまた話題を変えた。

「近頃、町奉行所や町年寄の樽屋さんから、何かと商いに関する調べがくるようになりました」

「そういえば」

初めて気がついたような顔で、清蔵は応じた。

「前にもありましたがね。この半年くらい、妙に多くなった気がします。何かあるのでしょうか」

探るような目をした。知っていることがあったら、教えてほしいといった眼差しだった。

「何か、触《ふれ》を出そうというのでしょうか」

やり手の商人《あきんど》ならば、おかしいと感じたとしても不思議ではない。清蔵は、当たり障りのない返事をしていた。

「前に利率を下げようという話があって、流れたことがありましたが」

「それを、蒸し返そうというのでしょうかね」

丑之助はどうやら、これを話題にしたくてやって来たらしかった。町奉行所や樽屋からの調べの依頼を、去年の利率変更と繋《つな》げて考えたのは、さすがに大口屋だと思われた。

「利率の上限が一割八分から一割五分に下げられるのは、札差にとっては痛手です」

清蔵はこんなものではないと察しているが、それは口には出さなかった。

「まったくです」

「もっと他のことを、ご公儀は考えているのでしょうか。気がついたことが、ありませんか」

逆に問いかけた。

「いや、ありません。気になっている同業は、他にもいますが」

ただ大きな出来事になるとは、受け取っていない。それならば、手代あたりでも話題になるはずだった。

弐吉の知る限りでは、札差の中で最初にこれを話題にしたのは丑之助である。

大口屋が、身に何かが迫っていると感じているのは明らかだ。商人は少しでも損に繋がる兆候に気づけば、それを避けるための対処をする。怠れば、商いの土台を崩す蟻の一穴となりかねない。

「うちの勘定方の札旦那にお尋ねしたのですがね。気づいたことはないとおっしゃって」

これは弐吉が訊《き》いたことだ。清蔵は、嘘を口にしてはいなかった。

「ええ、うちにも勘定方の札旦那があります。お伺いしてみましょう」

「分かったことがあったら、お伝えし合いましょう」

これで丑之助は、腰を上げた。ちょうどそのとき、猪作の対談が終わったところだった。

「猪作さん、精が出ますねえ」

笑顔になって声をかけると、丑之助は店から出て行った。弐吉には目も向けなかった。

最後の札旦那《ふだだんな》が引き揚げると、すぐに小僧たちは店の戸を閉め始めた。弐吉は清蔵に連れられて、金左衛門の部屋へ入った。

背後に猪作の眼差《まなざ》しを感じたが、振り向かなかった。

金左衛門と清蔵を前にして、弐吉は一日の成果と各札旦那の反応を伝えた。

「そうか。選《え》り抜きの札旦那を訪ねて、十八両か」

金左衛門はため息を吐いた。ある程度の予想はしていたはずだが、それよりもだいぶ下回ったらしかった。

「明日にも、椚田様のお屋敷へ伺います」

弐吉はそう返したが、期待はできないと思っていた。

「そもそも返せというのが、無理なのかもしれませんね」

清蔵が、金左衛門に言った。弐吉もそう考えるが、返させないのならば他にどのような手立てがあるのか。

「明後日《あさって》までに、何ができるか考えてみろ」

清蔵に言われた。無茶だと思ったが、ときがないのは分かっていた。

「はい」

ともあれそう答えた。店を守る手立てだ。

金左衛門の部屋を出た弐吉は、一人になってしばらく新たな取り組みについて思案した。しかしこれまで浮かばなかったものが、容易《たやす》く浮かぶわけもなかった。腹の虫がぐうと鳴って、我に返った。

台所へ行くと、他の奉公人たちはすでに食事を終えていた。お文だけがいた。

「すみません」

遅くなった詫《わ》びを口にしてから、弐吉は早速食べ始めた。他には誰もいなかったので、今日一日のことや、清蔵に命じられたことをお文に伝えた。

お文に伝えると、それだけでなぜか気持ちが軽くなる。また考えが整理される。気づかなかったことに気づくこともあった。

「たいへんな難問ですね」

聞いたお文は返した。

「まったくです」

「でも旦那さんや番頭さんが、他の人でなく弐吉さんに言ったのは、弐吉さんなら何とかできると考えたからではないでしょうか」

なるほどと思った。嬉《うれ》しいことだが、肩にかかる荷は重くなった気がした。

七

笠倉屋には四人の手代がいて、これが現れた札旦那たちと金談を行う。傲慢《ごうまん》で厄介な札旦那も多いので、気を遣う。それでも猪作は、前は張り切って対談に向かっていた。

無茶を言う面倒な客を、手際よく片付けて追い返したときには清々とした気持ちになった。

侍など威張ってはいても、銭の前ではただの卑しい男に成り下がる。それを見るのが快感だった。そして自分が役に立つ手代であることを、金左衛門や清蔵に認めさせたかった。

けれどもこの頃は、気持ちが少しずつ萎《な》えていった。どうでもいいといった気持ちが、芽生え始めている。

弐吉は朝から、金左衛門に命じられて外出をしていた。どのような用件なのかは、一切知らされていなかった。

残った猪作ら三人の手代で、現れた札旦那の対応をする。四人の仕事を三人でこなすわけだから、忙しい。

「くそっ」

猪作は何度も胸の内で呟《つぶや》いた。

この数日、金左衛門や清蔵、弐吉の様子が明らかにおかしい。表に出てはいないが、笠倉屋に何かが起こっているのは明らかだった。金左衛門や清蔵の表情や動きを見ていると、よほど大きなことだと察せられる。

お浦の言葉もあった。耳にしたときは、どきりとした。

気になるが、尋ねることはできない。商いの根幹に関することならば、手代が口出しすることは許されない。意見を求められれば考えを言うが、それはなかった。

何よりも腹立たしいのは、その店の大事に弐吉が加わって手足となって動いていることだった。

自分は使えない貞太郎を支えて、将来は笠倉屋の柱になろうと考えていた。貞太郎のご機嫌取りをするだけでなく、店のために役立とうと考えてきた。しかしうまくいかないで今日まできた。

そして歳下で、後から手代になった弐吉が重宝されている。機転がきくし動きも早い。

悔しいが、弐吉に商いの才覚があるのは分かっていた。

だから小僧のうちに追い出してやろうとしたが、出来なかった。

しぶといやつだった。そして猪作自身は、貞太郎のしでかしたしくじりの尻拭《しりぬぐ》いをさせられた。貼り紙値段にまつわる不正に加わらせられ、常磐津《ときわず》師匠を孕《はら》ませた後始末をやらされた。

そのお陰で、店の中での立場が悪くなった。

小僧たちは、かつては自分の意に従ったが、今ではまず弐吉の顔色を窺《うかが》う。もうここにいても仕方がない、とさえ思うようになった。

いっそ笠倉屋を出ようかとも考えるが、その決心はついていなかった。

「ならばあいつに、大きなしくじりをさせるしかない」

弐吉を店から追い出すのである。ただ何をしているのか、それがまったく分からない。邪魔のしようがなかった。

弐吉は夕方、店を閉める間際になって戻ってきた。このとき、大口屋の番頭丑之助が清蔵を訪ねて来ていた。

やり取りを聞きたかったが、札旦那が来ていたので、聞き取れなかった。ただ「町奉行や町年寄」という声は聞こえた。丑之助も清蔵も、その部分では常の雑談とは異なる印象があった。

まだ大きな問題にはなっていないが、ご公儀が関わる何かがあるのか。あるならば、知りたかった。

「それに、弐吉のやつは絡んでいる」

と思うからだ。

清蔵との話を終えた丑之助が、店から出て行った。その折に丑之助は、「猪作さん、精が出ますねえ」とわざわざ声をかけてきた。親し気な口調で、弐吉や他の手代にはそういう声をかけることはなかった。

自分には、好感を持っていると感じた。すでに対応しなくてはならない札旦那はいなかったので、猪作は丑之助を追いかけた。

「畏《おそ》れ入ります」

立ち止まった丑之助に頭を下げて、問いかけをした。前に酒をご馳走《ちそう》になったことがあった。店を移らないかと誘われたこともあるが、冗談だと思っていた。

真意が分からないから、軽はずみに返事はできない。

「申し訳ありません。今、町奉行とか町年寄という言葉を耳にしました」

「ああ、話していましたよ」

「どういうことでございましょう」

話してもらえないならば、仕方がない。叱られたとしても、それも仕方がなかった。

「ちと気になっていたことでね」

近頃、町奉行所や樽屋から、商いについての調べが折々来るようになった。明らかに調べの回数が多くなったので、話題にしたという返答だった。

「猪作さんは、気にならなかったかね」

「そういえば」

お調べの文書の下書きは、手代が拵《こしら》える。猪作も商い帖《ちょう》の数字に算盤《そろばん》を入れた。その回数は明らかに増えていた。大口屋が、公儀が何かをしようとしていると考えたとしても、おかしくはなかった。

「何があるのでございましょうか」

「それが分かればねえ」

丑之助は苦笑いをした。そして逆に問いかけられた。

「清蔵さんや旦那《だんな》さんが、そんな話をしていませんか」

聞いた猪作はどきりとした。まさにそのことが、気になっていたからだ。ただ猪作は、さして気にしていないふりをした。

蚊帳《かや》の外に置かれてはいるが、自分も笠倉屋の者だから、軽々しくは話せない。

「さあ」

まずはとぼけた。

「そうですか。まあも し分かったら、教えてくださいな」

丑之助は、しつこく訊《き》いてはこなかった。とはいえ、どうでもいいことではない。わざわざ探りを入れに来たのだ。

「はい。それはもう」

頭を下げながら答えた。頷いた丑之助は、歩き去っていった。

「そうか。弐吉はこれに絡んでいたのか」

猪作は声に出した。清蔵が丑之助の問いかけに言葉を濁したのは、話していたこと以上の何かを摑《つか》んでいるからに他ならない。口にしないのは、よほど大事なことだからだ。

ならば弐吉がここを凌《しの》いだら、さらに手柄を立てることになる。

「そんなこと、させてなるものか」

猪作は、握り締めた拳《こぶし》に力を入れた。

第三章　借り換え

一

翌朝は、今にも降ってきそうな曇天だった。吹いてくる風も、湿っていて冷たい。

「いやだねえ、せっかくの日なのに」

「まったくだよ。毎日心がけよく暮らしているんだからねえ」

お徳とお狛はぼやいていた。それでも起きたときから、そわそわしている気配だった。

朝湯の後、髪結いを呼んで整えさせた。二人で新調した着物と帯を身に着けると、待たせていた駕籠《かご》に乗って出かけて行った。

今日は木挽町《こびきちょう》の森田座《もりたざ》で芝居見物をする。贔屓《ひいき》の役者がいるらしく、それが舞台に立つときには必ず出かけて行った。今回も演目が決まったときから、行きつけの芝居茶屋を通して席を取っていた。

笠倉屋の今後については、何も案じている気配はなかった。

「いい気なものだ」

「まったく。母親も婆さんも、跡取りも皆同じようだな」

見ていた隣の札差《ふださし》の札旦那が、そう話していた。

笠倉屋の奉公人たちは、見て見ぬふりをしている。それでも出かけるときには、

「行ってらっしゃいませ」と声だけはかけた。

弐吉は昨日に引き続き、下谷練塀小路の椚田の屋敷を訪ねた。主人の伊兵衛がいて、今日は面談ができた。

話は用人がしていたらしく、すぐに本題に入ることができた。

「確かにその方が申す通り、古いものについては片付けておいた方がよさそうだな」

「利息を払うだけ無駄でございます」

反応は、悪くなかった。

「ならば六両を返そうか」

「さようで」

落胆が顔に出ないように注意した。貸金の総額が百二十六両だから、端数を整理しただけだ。

「御役が変わって、多少の加増はあった。だがな、そうなればなったで物入りだ。楽ではないぞ」

こちらの表情から、何かを察したのかもしれない。栩田はそう言い足した。

「落ち着けば、さらに返せるかもしれぬ」

返したい気持ちはあるらしかった。ただ先のことは分からない。事情は大きく変わっているだろう。

昨日廻《まわ》った分と合わせても、返済されるのは二十四両だ。これではどうにもならない。

「ありがとうございました」

礼を言って栩田屋敷を出たが、体からは力がすっかり抜けていた。見上げた曇天が、自分の気持ちと重なっているようだった。

「降ってきたら、涙雨か」

と弐吉は呟《つぶや》いた。

金左衛門や清蔵からは、明日までに手立てを考えろと告げられている。一晩考えたが、妙案など浮かばなかった。

「せめてもう少し、ご公儀が何をしようとしているのか分かれば」

とは思った。まるで、暗がりで手探りをしているようだ。具体的な像がはっきりすれば、対処のしようがありそうだが。

神田川方面に向かって歩いて行く。道端の小菊が、風で小さく揺れていた。

川端へ出たところで立ち止まり、弐吉は考えた。貸金すべての帳消しはないにしても、過去のものはどこかで線引きされて、ないものにされる。あるいは過去の分からは、利息を取ってはいけないとなるのか。そのあたりが有力だと思えるが、他にもとんでもない命が下るかもしれない。

考えれば考えるほど、様々な可能性が出てくる。収まりがつかない。

事情を摑んでいそうな誰かに尋ねられればいいと考えるが、樽屋へは清蔵がすでに行った。他に誰かいないかと考えた。笠倉屋の勘定方の札旦那二人に尋ねたが、何も得られなかった。

「誰かいないか」

弐吉は首を捻《ひね》った。まだ訊いていない勘定方の札旦那が二人いる。そこへ行こうかと考えた。無駄足になるのは覚悟の上だが、どちらも禄高《ろくだか》は百俵以下で下役だった。奉行に接する役目ではない。

では他にないかと考えて、弐吉が思いつくのは溝口家の西山しかいなかった。

「しかしな」

すでに聞いている。不審の基になる話を、西山から聞いた。それが始まりだった。

「だめを覚悟で、訊《たず》ねてみるか」

会うくらいは、会ってくれるだろうと思った。

ただ話を聞いて、怒鳴られたり足蹴《あしげ》にされたりするかもしれない。けれどもそれを怖れるつもりはなかった。奉公してしばらくの間は、歳上の小僧に殴られたり蹴《け》られたりした。

溝口屋敷を訪ねてみることに決めた。

長屋門の前に立った弐吉は、しばらく様子を窺《うかが》った。門内に聳《そび》え立つ椎《しい》の木を見上げた。

西山が出てくれればと願ったが、門扉や潜り戸は開く気配がなかった。少しばかり躊躇《ためら》った後で、意を決して門番に声をかけた。

出て来るのを待っていては、いつ会えるか分からない。留守なら引き上げるし、会えないと言われたらすぐに帰るつもりだった。

「その方、何者だ」

不審の目を向けられた。丁寧に頭を下げてからこちらの名を告げ、西山の名を挙げた。

「どのような縁か」

「多少のご縁で」

嘘はつけない。どうなるかと胸が騒いだが、門番はわずかに考えた後で取り次いでくれた。

「門内の腰かけで待つように」

と告げられた。潜り戸が開けられた。会ってはもらえるらしい。ただすぐには姿を現わさなかった。

広い敷地内は、しんとしている。前を通り過ぎる者もなかった。ときおり小鳥の囀《さえず》りが聞こえ、落ち葉が舞い落ちてくるだけだった。

腰かけに座ってじっとしていると、やや肌寒かった。

たっぷり一刻《いっとき》ほど待たされたところで、ようやく西山が姿を見せた。忘れられたのかと思った。

弐吉はそこで、平伏をした。額が地べたにつくほど深く頭を下げた。

「何を頼みに来たのか」

問いかけられた。他に訪ねる用がないのは明らかだ。挨拶《あいさつ》の言葉は、告げる暇がなかった。不機嫌そうな声だった。

知り合いではあっても、親しいとはいえない。

「ははっ。お聞かせいただきたいことがございます」

「何をだ。手短に申せ。おれは忙しい」

急《せ》かされているようで慌てた。ともあれ、思い切り短くした。

「前に伺った、新たな札差仕法についてでございます」

「そういえば、話したな」

西山は覚えていた。

「それはご老中様肝煎《きもい》りのお触《ふれ》になるとか。他にご存じのことがあれば、お教えいただきたく」

ここまで言うと、西山が近づいてきたのが分かった。そしていきなり、肩を蹴られた。あっという間のことで、身構える暇もなかった。

強い力で、弐吉の体が転がった。腰かけにぶつかって止まった。

「無礼者。図々《ずうずう》しいぞ」

凄味《すごみ》のある一喝だった。恐る恐る目を向けた。鬼瓦《おにがわら》のような形相だと感じた。

「あいすみません」

弐吉は起き上がって、もう一度平伏した。額を地べたにこすりつけた。けれども
これで引くつもりはなかった。
西山が腹を立てているのは感じたが、怒って立ち去ったわけではなかった。蹴ら
れたが、急所を狙われたわけでもなかった。
「五百年前の徳政令に似たものと受け取っております」
「…………」
「すべての貸金をなしとされたならば、札差《ふださし》はやっていられません。できる手立て
を取らねばなりません」
もう一度蹴られても仕方がないと、それを覚悟の上で言っていた。思いは、伝え
たかった。
西山はそれについて、すぐには返答をしなかった。やや間を置いてから、問いか
けてきた。
「徳政令とは、誰から聞いた」
「店の旦那《だんな》さんから聞きました。他の人には、話していません」
主人金左衛門は誰かから聞いたのではなく、樽屋と清蔵が話したことも含めて思
い出したことだと伝えた。

「するとご老中様が関わっているとは、樽屋から耳にしたわけだな」

「はっきりは分かりません」

手代という身の上だから、不明なこともある。そこは自分なりに補って考えてきた。

「それでここへ来たわけか」

「何か一つでも分かれば、ありがたく存じます」

「ふん、愚か者め。その方らが考えるような大事ならば、おれだとて分かるわけがない。また分かったとしても、話すわけがないであろう」

それはそうだと、弐吉は思った。昂《たかぶ》った気持ちが、萎《しぼ》んで行くのが分かった。

「帰れ。ここへ来たのは、無駄足だった」

「はい」

もう一度、地べたに額がつくほど頭を下げ、それから頭を上げた。西山はそれで体の向きを変えた。歩き出そうとしたところで振り向いた。

「精進をしろ。五年、六年堪《こら》えれば、おまえなら商人《あきんど》として一人前になるであろう」

言い残すと、行ってしまった。一人前になる前に、笠倉屋が潰《つぶ》れてしまっては意味がない。

と考えてから、あっと気がついた。今の言葉は、何かを暗示しているのではないかと思い当たったのである。

二

弐吉が笠倉屋へ戻ったのは、昼飯どきをとうに過ぎた頃で金左衛門も清蔵も出かけていた。厚い灰色の雲に覆われていた空に、晴れ間が見え始めていた。

お徳とお狛は、まだ戻って来ていない。帰って来るのは、いつも夕暮れどきになってからだった。

金左衛門と清蔵がいないときの貞太郎は、のんびりしている。吉原へ行った昨夜は夜更かしをしたのか、帳場に座って欠伸《あくび》をしていた。

挨拶を済ませた弐吉は、台所へ行って遅い昼飯を食べることにした。

貞太郎は、どこへ出かけたかと問いかけることもしなかった。関心もないのだろう。挨拶をしてもろくな返事をしなかったが、今はもう気にしない。

店で客と対談をしていた猪作は、一瞬鋭い眼差《まなざ》しを向けた。怒りと憎しみの混じった目だった。

弐吉が台所へ行くと、土間の飯台でお文が何かをしていた。見ると団子を拵《こしら》えているらしかった。

「今日は、中秋の名月ですからね」

と言って、少しだけ口元に笑みを浮かべた。

「そうでしたね」

すっかり忘れていた。正体のはっきりしない虞《おそれ》が胸中にあって、それに圧されていた。

奉公人にとって月見は、寝る前に勝手に見上げるだけだが、団子だけは夕食の膳《ぜん》についた。つけて食べる黄粉の甘さは忘れない。甘いものを口にするなどめったにない小僧には、それは格別の楽しみだった。

「空に晴れ間が見えてきましたね」

「ええ。これならば、月見ができるでしょう」

お文の言葉を聞いて、弐吉は少しだけほっとした。それでも胸を押される重い気持ちは、消えなかった。

椚田屋敷へ行ったこと、それから西山に会ったことも伝えた。

「手荒なことをされましたね」

お文は着物に泥がついているのに気付いたらしい。弐吉としては払ったつもりだったが、残っていたようだ。

「大したことはありません」

西山を訪ねた意図と、交わした会話の詳細を伝えた。台所には、他に誰もいないのが幸いだった。

「西山様は無体なことをなさいましたが、五年、六年堪えれば商人として一人前になるというお言葉は、励みになりますね」

「それはもう」

「西山様は、弐吉さんを気に入っています」

まあそうだと思った。そもそもご公儀の新仕法について、尋ねたことが無謀だった。たとえ耳にしていたとしても、溝口家の用人として他所《よそ》へ漏らしてはいけない内容だろう。

それでも西山は、相手をしてくれた。

「残した言葉の、五年、六年というところが気になります」

「そこです」

弐吉も気になっていた。言葉どおりの意味としては、励ましと受け取れる。しかし弐吉は、札差仕法の行方について問いかけに行ったのだった。

「五年、六年というのには、きっと意味がありますね」

「そう考えるのが、当然だと思います」

お文は、弐吉の言葉に頷《うなず》きながら言った。十年と告げることもできた。考えすぎならば、それはそれでいい。

「だとすると、五年、六年とは何でしょう」

あまりにも曖昧《あいまい》な気がした。

「西山様も、はっきりしないのかもしれません」

用人という立場上、勘定奉行の柳生なり曲淵なりから、直《じか》に話しかけられるわけではないだろう。西山は傍で聞いているだけだ。しかも話のすべてとは限らない。

とはいえ、耳にしている可能性は大きかった。「五年、六年」の意味を、考えることにした。

お文の言葉は、参考になった。

しばらくして、金左衛門と清蔵が店に帰ってきた。早速弐吉は、金左衛門の部屋で、椚田家へ行った報告をし、西山から聞いた話の詳細について伝えた。

「なるほど。五年、六年というのが気になるな」

「何かを暗示しているのは確かでしょう」

金左衛門の言葉に、清蔵が続けた。

「道々、何かを考えました」

「思いついたか」

「いえ。ただ五年先、六年先というよりも、これまでのことだと思いました」

二十年以内という徳政令のことが頭にある。

「うむ。そこに、大きな何かがあると考えるべきだな」

清蔵が腕組みをした。

「それ以前の貸金の利息を、受け取るなという話でしょうか」

一割八分の利息が、まったく取れなくなる。笠倉屋は榊田らから返してもらえる分を引いても、五年以上前の貸金残高は八千百四十一両もあった。

年でおよそ、千四百六十五両の損失となる。

弐吉にしてみたら、震えが出るくらいの高額だ。できれば少しでも、利息を取れるようにしてほしいという願いはあった。四分でも五分でもだ。

「そうだな」

金左衛門が頷いた。ただ清蔵は、頷かなかった。

「そんなもので、済むのでしょうか」

驚くようなことを口にした。

「もっとか」

金左衛門は言葉を呑《の》んだ。

「六奉行様や樽屋が関わっているだけではありません。ご老中様が関わっているとなると、よほどのことかと」

「なるほど。松平定信《まつだいらさだのぶ》様という方は、苛烈《かれつ》な方と聞いている。番頭さんの言う通りかもしれない」

金左衛門の言葉だ。聞いた弐吉は、背筋に震えが走った。

「で、では。五年か六年よりも前のものは、すべて帳消しになるということでしょうか」

弐吉がやっと声に出した。

「それだけではないぞ。五、六年にならない利息はどうなるか。これからの利息はどうなるか」

「うむ。最悪を踏まえて考えなくてはならないな。今のままでは、大きな損失になる。それをどこまで少なくできるかだ」

「はい。そこでどうするかでございましょう」

金左衛門の言葉に、清蔵が返した。公儀がすることを、止めさせることはできない。札差《ふださし》にとっては厳しいが、侍は町人や百姓には非道だと弐吉は思っている。取り越し苦労だとは感じなかった。

受け入れなくてはならないならば、どれほど怖ろしいことでも目を向けなくてはならない。

「西山様を訪ねたのは、何よりだった。他では聞けない話を、耳にすることができたわけだからな」

働きを認められたのは嬉《うれ》しかった。

三

お文は、お徳と親しい札差の女房のところへ、届け物を運んだ。芝居から帰ってきた、その土産物だった。訪ねた女房も、芝居好きらしかった。

そろそろ夕暮れどきになっている。札旦那《ふだだんな》が引き揚げれば、すぐに店の戸を閉める。通り過ぎる札差の店では、戸を閉め始めていた。昼間各店の前で見かけた直参《じきさん》の姿も、今はなくなっている。

夕暮れ時の、いつもと変わらない蔵前橋通りの光景だ。

蔵前界隈《かいわい》を揺るがす大事が起ころうとしているが、今はその気配はまったくない。届け先の女房はもちろん、お狛やお徳も何も感じていなかった。

芝居の話で盛り上がっていた。

「貞太郎もそうだ」

とお文は声に出して言った。吉原帰りの翌日は、いつもぼんやりしている。生欠伸《なまあくび》をして帳場に座っていればいい身の上だが、札差仕法が変わったらどうなるのか。このままでは、笠倉屋の先行きはまったく不明だった。

貞太郎はおろおろするだけだろう。盤石だと思っていた笠倉屋も、ただでは済まない。

そうなれば、自分の身の上もどうなるか分からないと思った。生まれ在所の山王堂村で、縁談がまとまりかけた。しかし横車が入って、村での暮らしに絶望した。清蔵を頼って江戸へ出てきたが、もう村へ帰ることはできない。

笠倉屋が潰《つぶ》れたら、行き場のないお文だった。

「弐吉さんは、必死になっている」

何もできないが、力になれるならばなりたかった。

秋の日は釣瓶《つるべ》落としだ。徐々に薄闇が色を増してゆく。笠倉屋が見えてきたところで、面前に立ち塞《ふさ》がる男がいた。

避《よ》けようとしたが、出来なかった。日を背にしているので、顔がよく見えなかった。

「お文さん」

名を呼ばれてどきりとしたが、聞き覚えのある声だった。猪作である。

「そのへんで、饅頭《まんじゅう》でも食べませんか」

驚いた。そのようなことを言われるとは、考えもしなかった。何年も同じ屋根の下で暮らしているが、朝の挨拶《あいさつ》と用事以外で言葉を交わしたことはなかった。

「いえ。夕餉《ゆうげ》の用意が、ありますので」

猪作の誘いに乗る気持ちは、微塵《みじん》もない。迷いのない声になった。

「そうかい。ならばちょいと、尋ねたいことがあるんだが」

いつもよりも、下手に出た言い方だ。気味が悪い。

「何でしょう」

用があるならば、店の中で問いかけてくればいいと思った。身構える気持ちになったが、断る理由もなかった。

店のことならば、話によっては無碍《むげ》にもできない。

「このところ、旦那さんや番頭さんの様子がいつもと違う。何か、気づいていないかね」

ああそれかと、お文は思った。猪作は貞太郎とは違う。二人の変化を嗅《か》ぎ取ったのだ。

「さあ、私には分かりませんが」

「そうかね。あんたは弐吉とは、よく話をしている」

探る目だ。こちらの言葉を信じていないようだ。

「…………」

「あいつは番頭さんの指図を受けて、何かしている。その話を、したのじゃあないかね」

「いえ。何も」

猪作に伝えることは何もない。そのまま通り抜けようとしたが、前を塞がれた。

執拗《しつよう》な目が向けられている。

嗅ぎ取ったように、変事が迫っているのは間違いないが、その中身についてははっきりしていないようだ。おおよその見当をつけたという程度だろう。

金左衛門や清蔵は、まだ店の者には伝えていない。外に漏れるのを避けようとしているからだろうが、動揺をさせたくないという意味もあると察していた。

店の者の動揺は、相手をする札旦那たちに伝わる。

「隠しちゃあいけない。これは笠倉屋にとって、捨て置けない大事のはずなんだ」

「私は、仲働きの女中です。そんな私が、何を聞いていると」

「お文さんは、番頭さんと縁戚《えんせき》だ。何かを耳にしていてもおかしくない。どんなことでもいいから、気がついたことを話してくれればいいんだ」

話すまでは逃がさない、といった気迫を感じた。

お文は困惑した。破落戸《ごろつき》に絡まれたのならば、大きな声を出せばいい。この場所ならば知り合いは多いから、すぐにも人が集まる。けれどもそれはできなかった。

笠倉屋の者同士で、騒ぎを起こすわけにはいかない。

「私はね、お店の役に立ちたいんだよ」

猪作の言葉は、誰に聞かれてもまずいものではない。奉公人として当然の姿勢だ。

だからこそ困った。

腹の底は透けて見えている。弐吉に手柄を立てさせないためだ。そして己が、笠倉屋にとって役に立つ者だと認めさせたいからに他ならない。

どう返したものかと思案しているところへ、別の男が近づいてきた。商人《あきんど》ふうではなかった。

「お文さん」

と声をかけてきた。

「まあ、冬太さん」

お文はほっとした気持ちで、冬太に顔を向けた。

「今夜は、十五夜ですね」

猪作には目も向けない。したたかな印象だ。絡めばただではおかないぞという気配があった。

「ちっ」

猪作は舌打ちをした。冬太とやり合うつもりはないらしい。何も言わぬまま、行ってしまった。

「助かりました」

「まあ、迷惑そうだったからねえ」

歩いていて、気がついたのだと付け足した。

「あの人、何だかおかしい」

このところ、不気味な者だと思うようになった。ここで話題を変えた。

「今日は雲もない。きれいな月が見られますね」

すっかり、天気は回復していた。

「まったく。お文さんと、眺めて見たいものですよ」

「まあ」

ずいぶんなことを口にすると思ったが、憎めない相手ではあった。あっさりと口にしている。武吉と仲が良いことは知っていた。

「今日はお団子を作りました。余分がありますから、持っていきますか」

「それはありがたい。お文さんが丸めたんですね」

「ええ。そうですよ」

嬉《うれ》しそうな顔をした。台所へ行って五つを竹皮に包んでやると、冬太はいかにも大事そうにして受け取った。

「月見の団子なんて、食べるのは初めてですぜ。拵《こしら》えてくれるかかあは、早くに亡くしましたんでね」

懐に入れると、着物の上から手を添えて持ち帰っていった。

四

奉公人は、棚に置かれた自分の箱膳《はこぜん》を下ろして、台所の板の間で食べる。小僧の新助が喜びの声を上げた。

「月見の団子ですね」

小皿に三つ、黄粉と共に載っている。他の小僧たちも、箱膳の蓋《ふた》を開けて笑顔になった。

すぐに食べてしまう者もいれば、残しておいて庭に出て食べる者もいた。弐吉の箱膳の中にも、月見の団子が入っていた。

店の戸を閉じた後、猪作の姿が見えない。貞太郎の姿も見えないから、二人でどこかへ飲みに行ったのだろう。そのことについては、気にも留めなかった。

弐吉は食事をしながら考えた。新札差《ふださし》仕法について、予想した最も厳しいところを頭に置いての見当だ。

どこまで損失を減らせるか。それが勝負だと考えていた。

小僧たちは、団子がうまいと興奮気味に話している。一品多い手代の菜は、蒟《こん》蒻《にゃく》の煮付けだったが、弐吉には味がよく分からなかった。

飯をとにかく腹に押し込んだ。一番厳しい命となれば、貸金の帳消しだ。西山の暗示をそのまま受け取るならば、五年前の貸金までが帳消しになる。

「背筋が凍るような話じゃないか」

声になった。その部分については事の前に返済してもらうのが一番だが、昨日今日と札旦那《ふだだんな》を訪ねて、厳しいと悟った。

食後に団子を食べてから、一人で庭に出た。しっとりと濡《ぬ》れた、見事な丸い月が見える。傍にお文が寄ってきた。

「今日の夕方にお使いに出たら、猪作さんに声をかけられました」

「ほう」

少しばかり驚いた。猪作がお文に関心を持っているとは思えなかった。ただ外出に気づいて、帰りを待っていたのは間違いない。

「店に何か起こっているのではないか、と言いました」

「私たちの動きを見て、そう感じたのですね」

猪作を舐《な》めてはいけない。

「何も知らないと答えたら、そんなはずはないと粘られました」

猪作らしいと思った。知らないと言われて、それで引くなどありえない。

貞太郎は知らないし、弐吉ら三人以外で、何か知っている者がいるとしたらお文だろうと踏んでのことだと察せられた。知ってどうするのか。こちらの足をすくおうとするのだろうと、それは考えるまでもなかった。

「厄介でしたね」

「はい。でも丁度通りかかった冬太さんが現れて、助かりました」

「ならば何より」

冬太は、お文に気があるから、さぞかし張り切っただろうと思われた。

「お団子を、お分けしました」

「はあ」

そこまでしなくてもよかったのに、という気持ちになった。お文としては礼のつもりだろうが、冬太は調子に乗る。このまま行くと、さらにお文に近付く。お文が嫌がっていないのが、少し気になった。大事なものを奪われるような気持ちだ。弐吉は、話題を変えた。

弐吉は清蔵らと話したことをお文に伝えた。最悪を想定した、対処する妙案が浮かばないこともだ。

「札旦那に返済を求めなければ、どうにもなりません」

考え始めると、すぐに思案はそこで止まってしまう。

「五、六年以上前の借金が帳消しにされるならば、それをできるだけ少なくすればよいわけですね」

あたり前のような口調でお文は言った。

「そうです」

わずかにむっとした気持ちになった。

「五年以上前の証文をいったん返してもらい、帳消しにしたらどうでしょう」

「そんな金子《きんす》は、ないわけですが」

内証が割合ましだと思われる札旦那を廻《まわ》っても、ゆとりのある御家などなかった。

「ですから、借り直してもらうのです」

何を言い出すのかと思ったが、二呼吸するほどの間を置いて、あっと気がついた。

「なるほど。五、六年前の借金でも、新たな証文の日付がこれからになっていたら、帳消しにはなりませんね」

この手があったかと思った。

「はい、でも札旦那がそれに応じるかどうかは分かりません」

問題がないわけではない。

「いや」

すぐに考えついた。ここまでくれば、後はたいへんではない。

「利息を低くすると話せばよいのです」

一割八分の利息を、一割三分などにすれば、乗って来る札旦那は多いと思われた。

「お文さんに話して、よかった」

すでに清蔵は、自宅に戻っている。明朝、早速話してみることにした。

五

翌朝、弐吉は清蔵に呼ばれて、金左衛門の部屋へ行った。店を開ける前のことだ。

手代や小僧たちは、店を開ける前の支度をしている。

弐吉は考えた手立てについて、二人に伝えた。

「なるほど、それ以外には手があるまい」

話を聞いた金左衛門は、そう答えた。

「肝心なのは、利率ですな」

清蔵が応じた。二人とも驚いた様子はなかった。近いことを、考えていたのだと察せられた。

それで次の動きが決まった。

「こちらにしたら、現在の貸金を守れればそれでいい」

「まことに」

この機に阿漕《あこぎ》なことをしようとは考えないという腹だ。

「とはいえあまりに低利にしたら、他の札旦那や札差が、何事かと思うだろう」

「ええ。大口屋の丑之助さんも、何かと疑いを持つでしょう」

清蔵は慎重な口ぶりだ。番頭丑之助が、探りに来たばかりだった。他の札差も、何事かと思う。清蔵はそのまま続けた。

「御公儀は新仕法が漏れたとなれば、中身を大幅に変えるかもしれません」

そうなれば、ここまで探った意味がなくなる。

「笠倉屋だけが抜け駆けのようになるが、店は守らねばならない」

金左衛門が口にした意味は、弐吉にも分かった。

「いや、抜け駆けではないでしょう。商人《あきんど》として店を守るためにすることです」

清蔵が返した。さらに続けた。

「そのために弐吉は、他の者がしない工夫と尽力をしました」

「そうだな」

金左衛門が頷《うなず》く姿を見て、弐吉は目の前の二人に感謝した。何をしても、憎しみの目しか向けない貞太郎や猪作とは大違いだ。

「借り換えの利息ですが、五年以上前のものは、一割三分でどうでしょう」

「それでいいだろう」

清蔵の提案に、金左衛門が頷いた。さっそく今日から勧めることになった。

「なぜ急に、そのようなことをすると尋ねられたら、どのように答えましょうか」

弐吉が訊《き》いた。札旦那にしたら、当然の疑問だろう。対談をするのは四人の手代だから、問われたときには迷わず同じ応答をしなくてはならない。

「古い貸金を、一つにまとめるためと伝えればよいだろう」

手続きの煩雑さを避けるのが目当てだと告げれば得心するのではないかと、清蔵が付け足した。

早速、手代たちを帳場に集めた。弐吉を除く三人は膝《ひざ》を揃えて座り、何を口にするかと息を呑《の》んだ。

「旦那さんと相談をして決めた。これからしばらく、五年以上前の貸金については、新たに借り換えをするように勧めてほしい。無理強いはできないが、出来るだけ多くだ。応じる札旦那《ふだだんな》はいるはずだ」

札旦那のほとんどが、額の多い少ないは別として、五年以上前の借金を抱えている。それから新利率についてと、わけを問われた場合の応答について伝えた。

「ずいぶん急な話ですね」

一番年嵩《としかさ》の手代佐吉が口を開いた。

「わけはあるが、今はおまえたちにも言えない。しかし店の商いのためだ」

「はい」

「人には漏らすな。あくまでも、古い貸金を一つにまとめるためだと話すのだ」

他の手代は何も言わず頭を下げた。最近の金左衛門や清蔵の動きには、それぞれ疑問を持っていたはずだった。

ただ猪作の表情には、不満気な気配があった。

店の戸を開けると、早速札旦那たちが姿を見せた。いつものように対談が始まる。

弐吉も外に出ないで、対談に加わった。

これまでと異なるのは、対談が済んだところで手代が新たな用件を持ち出すことだった。

「何だと、ずいぶん面倒な話を持ち出すではないか」

思いがけない話なので、初めは怪訝《けげん》な目を向けた。

「いえいえ、証文を書き換えるだけです。旦那にも損な話ではありません」

弐吉は借り換えの理由と、利息を一割三分まで引き下げることを伝えた。

「ならば新たに、こちらが金子を出す話ではないのだな」

「もちろんでございます」

わずかに笑みを浮かべて、弐吉は頷いて見せた。

「ではわしは、何をすればよいのか」

「書き換えた証文に、ご署名をしていただければよろしいので」

借り換えをすることは、珍しいことではない。当主が加増になったり、富裕な商家から嫁を取ったりした場合には、部分返済と共に全体を一つにまとめることはあった。

元金を減らすことは、算盤《そろばん》に疎い侍でも考える。ただそれは、札旦那からの申出がほとんどだった。

その札旦那は、五年以上前の分が七十五両あった。

次に弐吉は、家禄《かろく》百二十俵の札旦那を相手にした。厳しい求めで、店としては応じられない金額だった。

「どうしてもだめか」

「銀十匁でしたら、何とか」

「それでは話にならぬ」

半刻《はんとき》粘ったが、応じられないものは応じられない。折れたのは、札旦那の方だった。銀十匁を受け取った。

一応決着はついたが、札旦那は満足をしていなかった。いかにも不機嫌そうな顔だったから、借り換えの話をするのは躊躇《ためら》われた。けれどもともあれ伝えようとした。しかし話し始めると、一喝された。

「わしは忙しい。余計な話をするな」

そのまま帰ってしまった。これでは、どうにもならなかった。

ただおおよその札旦那は、提案に応じた。

「悪い話ではないぞ」

「利率が下がれば、切米《きりまい》の折にお受け取りになる金高が多くなります」

算盤を弾《はじ》いて、数字を教えてやる。分かれば表情も緩んだ。

「もっと低い利息にならぬか」

と切り返してくる札旦那もあった。ここまで下げたのならば、もっと下がるだろうという理屈だ。

「これがぎりぎりでございます。どうぞご勘弁を」

これ以上は譲らなかった。初日のこの日は、合わせて四百二十九両を借り換えさせることができた。

「まずまずの滑り出しだ」

清蔵が言った。満足はしていない。これからだった。

六

翌日もその次の日も、笠倉屋では、対談に現れた札旦那に五年以上前の貸金の借り換えを勧めた。

「どうした、藪《やぶ》から棒に」

初めは驚かれるが、丁寧に説明をする。

「そうか。払う利息が減るならば、文句はないぞ」

「直参《じきさん》の役に立とうという心がけは、よしとする。その気持ちに免じて、借り換えをしてやろう」

恩着せがましく言う者もいたが、あらかたの札旦那は話に乗ってきた。一文の銭も出さなくていいところが、聞く耳を持たせた。

どう言われようと、商人《あきんど》は店を守るために頭を下げる。

「うまい話には裏があるというからな、少し考えるぞ」

と答えた者もいた。

「無理強いはするな」

清蔵は何度も口にした。提案はしても、どうするか決めるのは札旦那本人だという姿勢を崩すなとの指図だった。

二日目は百六十五両で、三日目は四百五十四両だった。二日目が少ないのは、訪れた札旦那の数が少なかったからだ。

提案をし始めて、三日で千四十八両となった。このままいけば、貸金の借り換えは思惑通りに進みそうだ。

弐吉は、毎日お文には結果を伝えた。

「三日で千両を超したのは、すごいですね」

聞いたお文の表情が和らぐ。それが弐吉には嬉《うれ》しかった。

「五年になるか、六年になるかは分かりませんが、どちらになっても、笠倉屋の損失を減らすことができます」

儲《もう》ける話ではない。避けられない難事に対して、いかに損失を少なくするかも、商いの内なのだと知った。

三日目の夕刻、所用で蔵前橋通りに出た。小料理屋雪洞の前を通ったら、お浦が店から走り出てきた。弐吉に気がついたようだ。

店に明かりが灯《とも》っているが、まだ客の姿はない。

「弐吉さん」

話したいことがあるらしい。いつものように飴《あめ》を口に押し込まれるのかと思ったが、今日はなかった。

飴を持っていない日もあるらしい。

「昨日うちに、貞太郎さんと猪作さんが来たよ」

「そうか」

昨日の夕食のとき、猪作の姿を見なかった。そんなところだろうと見当はついていた。

「お店のことで、何か不満があるらしい。弐吉さんの名も出ていたよ」

貞太郎も不快らしいが、猪作の方が腹を立てている様子だったと付け足した。

「仕方がないですね」

本来ならば、力を合わせて動きたいところだが、それができない相手だった。顔色を窺《うかが》っている暇はない。

「それは前に、何かあるかもしれないって言っていたことだね」

まだはっきりしない頃だったが、お浦にはそれらしい話を漏らしたことがあった。

何をどうしたらいいのか、見当もつかないでいた。

「あのときは浮かない顔だったけど、今は張り切っているみたいにも見えるけど」

「そうですか」

大きな波を被《かぶ》る前だが、今は精いっぱいのことをしている。それは心の張りになっているのだと思った。

「貞太郎さんはともかく、猪作さんは何か企《たくら》んでくるかもしれないよ」

それはあると弐吉は思った。

「まあ、私はあの人たちに嫌われているので」

関わりたくなくても、絡んでくる。厄介な話ではあった。

「でも、あの人たちに好かれてもねえ」

妙に実感のこもった、お浦の口ぶりだった。


夜になって、弐吉は金左衛門と清蔵に呼ばれた。

「三日で千両ほどを借り換えさせられたのは何よりだが、まだまだこれでは話にならない」

五年以上前の貸金は、八千両以上あった。

「いつ触《ふれ》が出るか分からないからな、急がなくてはなるまい」

金左衛門の言葉に、清蔵が続けた。

「そこでだ。弐吉には、明日からは札旦那《ふだだんな》のところを廻《まわ》ってもらうことにする」

店に来た札旦那を相手にするだけでは、埒《らち》が明かないと考えたようだ。

「できれば今月中に、少なくとも五、六千両は借り換えさせたい」

金左衛門の要望は、もっともだ。店にいるよりも、その方が効率がよさそうだ。

そこへ足音がして、姿を見せたのがお徳とお狛だった。これには驚いた。二人が金左衛門の部屋へ来るのは珍しい。

しかも清蔵を交えて商いの話をしている場を、わざわざ選んでである。

「何か今、店に事が起こっているんだね」

座り込んだお徳が言った。商いのことには一切関知しない二人だから、これは極めて珍しいことだった。

「気がついたのか」

と弐吉は思ったが、そうではないと感じた。お徳にしてもお狛にしても、商いに関心はない。商いの様子を覗《のぞ》きに来ることもなかった。

「ええ。商いは、いつも修羅場です」

金左衛門は多少の戸惑いを目に浮かべながら答えた。

「ずいぶんと、大事な話なんだね」

「そうです」

「ならばどうして、その話を貞太郎にしないんだい。あの子は、店の役に立ちたいと、あんたや清蔵さんに尋ねたそうじゃないか」

「それなのに話さなかった。除《の》け者にしている」

お徳の言葉にお狛が続けた。それで弐吉は、貞太郎が札旦那に借り換えを勧めている理由を金左衛門や清蔵に尋ねていたことを知った。

帳場にいる様子では、関心がないように見えていたから、弐吉には意外だった。

「せっかく商いに精を出そうとしているのに、どうしてそれを受け入れない」

「まったくですよ。貞太郎はこの店の、跡取りなんだから」

お徳とお狛の声には、怒りが混じっている。とはいえ金左衛門と清蔵が、貞太郎に仔細《しさい》を話さないのは当然のことだ。浅慮の上に口が軽かった。

余計なことをされてはかなわない。それでこれまでは、手間を取らされた。莫大《ばくだい》な損失を被りそうになったこともあった。

「今はまだ、商いの流れがどうなるか見えません。はっきりしたら、話して仕事をさせます」

奥向きのことならば、何があっても逆らわない金左衛門だが、商いの面では譲らない。はっきりとした物言いだった。

「商人として、育てる気はないのかい」

お徳はあきらめない。さんざん甘やかしておきながら何を言うかと弐吉は思うが、口出しはできなかった。

「知恵を貸したいと言っている」

「それはありがたい。ならばはっきりしたところで、知恵を出してもらいましょう」

お狛の言葉に、金左衛門は返した。

「あんたはおかしい。婿のくせに、貞太郎をないがしろにして」

お徳は腹を立てていた。金左衛門の言葉の裏にある、貞太郎に対する気持ちを感じ取ったようだ。

「親戚《しんせき》衆にも、このことは話しますよ」

これは脅し文句だ。申し出を拒絶されたとき、これが出てくる。お徳の背後には、口煩《くちうるさ》い親戚衆がいた。

「どうぞ」

それでも金左衛門は引かなかった。

ここで譲ることはできない。婿である金左衛門が第一に考えているのは、笠倉屋を守ることだった。新仕法についての対策では、うるさく言われたからといって譲れるものではなかった。

お徳やお狛に、それを話しても分からない。

「覚えておいで」

捨て台詞《ぜりふ》を残して、お徳とお狛は去っていった。

「やれやれ」

金左衛門は、苦笑いをした。お徳とお狛が、貞太郎を商いに加わらせようとして、ここまでこだわったことは、弐吉が知る限りではなかった。そもそも貞太郎にはやる気がない。

それは昨日までの様子を見ていれば、明らかだった。

しかし貞太郎が、お徳とお狛に泣きついた模様だ。なぜそうしたかを考えて、あっと思いついた。

「猪作がせっついたのではないか」

お浦の話では、貞太郎と猪作は昨夜雪洞で飲んで、弐吉の名を挙げてあれこれ話していたという。猪作は、詳細を知らされないまま動かされていることに不満を持っているのは明らかだ。

弐吉が動いていては、なおさら気に入らないだろう。

そこで貞太郎を使って、お徳とお狛を動かしたのだと弐吉は考えた。猪作は事情を知って、何を企むのか。

公儀の新仕法も厄介だが、笠倉屋の店の中にも面倒の芽が伸び始めていると感じた。

第四章　吉原行き

一

借金の借り換えを勧めるようになった四日目、弐吉は朝から札旦那のもとを廻《まわ》ることになった。このことは店を開ける前に、清蔵が手代や小僧たちに伝えた。

奉公人たちは何事かという顔をしたが、猪作はまったく表情を変えなかった。その方がかえって、腹に何かあると感じさせた。

ここまでくると、手代も小僧たちも、笠倉屋に大きな出来事が迫ってきていることを肌で感じている様子だった。

「分かりました」

奉公人たちは声を上げたが、猪作は頷《うなず》いただけだった。

昨日、お徳とお狛が、怒りをあらわにして金左衛門の部屋を出て行った。そのことは、おそらく貞太郎から聞いているに違いなかった。思い通りにはなっていないことになる。

　とはいえ猪作がどう思っているか、慮《おもんぱか》っている暇は弐吉にはなかった。

　いつあるか分からない触《ふれ》が出る前に、事を進めなくてはいけない。弐吉は一か所、通りの商家で寄り道をしてから、本所界隈《かいわい》へ足を向けた。

　真っ直ぐに東西に延びる竪川《たてかわ》を挟んで、直参《じきさん》の屋敷が南北に広がっている。

　一軒目に行った家禄《かろく》六十俵無役の札旦那《ふだだんな》は、庭で花ではなく野菜を育てていた。暮らしの足しにするためだ。そういう屋敷は、少なからずあった。

　初めは怪訝《けげん》な顔で話を聞き始めた札旦那も、話し終えると満足そうに頷いた。

「利息の払いが少なくなるのは、助かるぞ」

　これはごく普通の反応で、借り換えたのは七十七両だった。

　次は家禄七十五俵の無役である。ここも庭を畑にして、赤甘藷《かんしょ》を育てていた。店に金を借りに来たときには、いつも粘りに粘った。揚げ足取りがうまいので、話すときには言葉を選んだ。貸金残高を考えれば、もう貸せない札旦那である。

「いい話だがな、なぜそれを勧めるのか」

　弐吉が持って行った話は向こうにとって都合がいいはずだが、それを顔には出さなかった。渋面で問いかけてきた。

「それはお世話になっている札旦那への、お礼の気持ちでして」

「きれいごとを申すな。笠倉屋に利があってこそ、その話を持って来たのであろう」

それを探ろうとしていた。舐《な》めるなよ、といった顔だ。

「さすがに、隠し事はできませんね」

おれがおれがと前に出たがる相手は、まずは一度持ち上げてやる。

「当たり前だ」

「前の貸金は一つにまとめた方が、店として都合がよろしいもので」

「それだけではあるまい。忙しい手代が、わざわざ本所まで足を向けてきたのだ。口には出せぬ、他のことがあるのではないか」

告げられて、どきりとした。疑い深いからこそ、何かを感じたのかもしれなかった。

「店にも、いろいろ事情がございます」

嘘をつくわけにはいかないので、誤魔化した。

「また出直して来い」

「畏《おそ》れ入りました」

粘らずに引き上げた。相手は、もっと利下げをさせようとしたのかもしれない。しかしそれには応じられない。

「そうか」

どこか拍子抜けしたような顔で頷いた。気持ちのどこかでは、恩に着せた上で、話に乗ってもよいと考える部分があったのかもしれない。

三軒目の家禄三十俵の評定所同心のところでは、主人は出仕していて、居合わせた新造が相手をした。大まかを話すと、さらに利率を下げるように求めてきた。

「借り換えるならば、主人が後日笠倉屋へ行くことになるでしょう」

この二家では借り換えができなかったが、無役や非番で屋敷にいた札旦那とは話ができて、その内の八割方は借り換えに応じた。

本所は小禄の札旦那が多かったが、三百七十両分の借り換えができた。まずまずの数字だった。

弐吉はついでに、宇根原左之助の屋敷へ様子を見に立ち寄った。暮らしに追われている札旦那たちを日々目にしていると、散財する近江屋を襲おうとした侍の憎しみに満ちた眼差《まなざ》しが、頭の奥に焼き付いていた。

「あれからどうしているのか」

気になっていたが、訪ねられなかった。近くまで来たついでだ。

崩れた垣根の隙間から、庭の中を覗《のぞ》いた。宇根原の屋敷でも、庭を畑にして作物を育てていた。

「おや、その方か」

弐吉に気がついた。たまたま前を通りかかったと伝えた。宇根原は、泥の付いた手のまま近づいてきた。

「その方、一月《ひとつき》待てと申したな」

問いかけてきた。気になっていたらしい。

「申しました」

「どういうことか」

「それは話せません」

と答えるしかなかった。

「世の中には、あてにならぬ言葉が多いぞ」

そうは言ったが、腹を立てている様子ではなかった。

「御無礼とは存じますが、傘張りなどなさってはいかがでしょう。知り合いの店があります」

内職の斡旋《あっせん》をしたのである。どれほどの実入りになるかは分からないが、やる気があるならばやればいいと思った。

出がけに立ち寄ったのは、顔見知りの傘屋だ。

「おお、そうか。訪ねてみよう」

店の場所を教えた。そして改めて告げた。

「ぎりぎりまで、諦《あきら》めてはいけません」


夕刻弐吉が蔵前橋通りへ戻って来ると、冬太が声をかけてきた。戻るのを、店の前で待っていたらしい。

「何かありましたか」

「ああ、ちょっとな」

お文のことかと思ったが、口にしたのはそれではなかった。

「笠倉屋では、しきりに前の貸金の借り換えをさせているそうだな」

「ええ、まあ」

ここで隠しても、すぐに分かることだった。冬太は、信じてもいい相手だと思っている。それに無法なことをしている気持ちはなかった。

笠倉屋の札旦那が、他の札旦那に話せばすぐに広まるだろう。

「何をしても勝手だが、不審に思う札差《ふださし》もあるようだ」

城野原と町廻《まちまわ》りをしていて、話題にした札差があったそうな。

「どこがおかしいのでしょう」

聞いておきたかった。同業がどう見るか、一応知っておきたい。

「わざわざ、利息を下げていることだ。たいがいならば、そんなことはしない」

「何かあるのでは、というわけですね」

「そうだ」

「腹を立てているのですか」

「今のところ、そうではなさそうだ。己の腹が痛むわけではないからな。わけの分からぬことをしているので、気になるのではないか」

商人《あきんど》は耳聡《みみざと》い。気をつけようと思った。冬太がわざわざ知らせてくれたことには、感謝した。

「先日の月見の日だがな。お文さんから団子を貰《もら》った」

「はあ」

そっけない言い方になったのが、自分でも分かった。話はお文から聞いている。

「あれはうまかった」

「そりゃあ、お文さんが拵《こしら》えたものですから」

自慢したい気持ちもあった。

「そこでだ。礼がしたいと思っている」

「ええっ」

「おまえが声をかけて、三人で汁粉でも食わないか」

代はおれが払うと付け足した。

「別に汁粉など、食べたくもありませんが」

「堅いことを言うな」

とやられた。けっこう本気らしかった。

「人を出汁《だし》にするな」

と思ったが、冬太は図々《ずうずう》しいから、断れば一人でも声をかけるかもしれなかった。

「笠倉屋は今、表も奥もいろいろあって、とてもそれどころではありません。しばらくは無理でしょうね」

弐吉はそう言い残して、冬太の前から離れた。

二

弐吉の札旦那《ふだだんな》廻りは、そのまま続けた。五日目は本所の残りと深川界隈《ふかがわかいわい》、六日目は湯島と本郷《ほんごう》界隈を廻った。

店でも顔を見せた札旦那には、借金の借り換えを勧めた。

「話せば、食いついてくる札旦那は、けっこういるぞ」

佐吉が言った。猪作は目を合わせないが、それなりの額の借り換えをさせていた。札差帖《ちょう》を見せてもらった。

「なるほど」

六日目の夕刻までで、総計で三千八百九十二両の借り換えができた。もちろん満足できる数字ではないから、さらに札旦那には借り換えを勧めて行く覚悟だった。

店に戻って金左衛門や清蔵に報告をしていると、縁戚《えんせき》の久間木屋平右衛門《くまきやへいえもん》が訪ねて来た。五十七歳になる平右衛門は先代金左衛門の弟で、お狛にとっては叔父《おじ》となる。姪《めい》のお狛を可愛がっていた。

日本橋高砂町《たかさごちょう》の太物屋に婿に出て、今は主人として商いを大きくしていた。笠倉屋は、久間木屋などから貸金にするための金子《きんす》約千百両を借りている。店の金主でもあり、このことは金左衛門がお狛に頭が上がらない理由の一つになっていた。

札差はどこでも、自前の金子だけを貸し出しに充てているわけではない。金主を得てそこから金を借りて貸している。札旦那から得る利息から、金主に払う利息を引いた分が、札差の利益となった。

これがなければ、貸金業としての札差は成り立たない。

ただ額の多寡は店によって異なる。金主を多数抱えている札差は、それだけ底堅い商いができた。

「これはこれは、平右衛門叔父」

金左衛門と清蔵は、多少緊張気味になって頭を下げた。弐吉はすぐに部屋から出た。手代や小僧は、その場にはいられない。

ただどのようなやり取りになるのか気になった。お徳やお狛の意を受けての来訪だと分かるからだ。

いけないとは思ったが、廊下に出て襖《ふすま》越しにやり取りを聞くことにした。

「笠倉屋は繁盛で、何よりだ」

「お陰様で、平右衛門叔父のお力添えがあってこそでございます」

当然金左衛門は、下手に出ている。

「今月末には、合わせて百四十両の元金の一部返金と利息の払いがある。問題ないな」

「ありません」

元金の一部を久間木屋へ返すが、必要に応じて改めて借りる。近い親族ではあっても、このあたりの貸し借りは厳密にやっていた。

札差と金主との関係は、札差金融の根幹にかかわる。今回の借り換えで、儲《もう》け幅が薄くなる。その処置については、相談をしなくてはならなかった。金主への返済のための利息は、こちらの思惑だけでは下げられない。

「もう一つ、用件がある」

「はい」

「貞太郎だが、あれは育ててもらわねば困る」

やはりその件だった。貞太郎が不甲斐《ふがい》ないのは、平右衛門も分かっている。だからこその言葉だろう。お店の大事に関わらせないと、お狛が泣きついたのだ。

「これには、いささか事情があります」

わずかな間があってから、金左衛門は言った。

「何かね」

「ここだけの話でございます」

「うむ」

「ご公儀には、札差仕法を変えようという動きがあります」

「どのようにか」

貸金の利率規制や帳消しの可能性があることを伝えた。

「なるほど、札差には厄介な話だ。しかしそれは、確かな筋からのものなのか」

平右衛門の表情が変わっている。ことの重大さを、汲《く》み取ったようだ。さすがにやり手の商人だ。

「調べたもろもろを合わせると、そうなります。ゆえに慎重に事を運んでいます」

金左衛門は、こちらが摑《つか》んでいる内容の大まかを伝えた。

「まだ公にはなっていない話だな」

「さようで。漏れては困ります」

「それで貞太郎を外したのか」

「…………」

「あの者には、荷が重すぎるというわけだな」

貞太郎ならば、漏らしてしまうのではないかと危惧《きぐ》している。それを理解したらしかった。とはいえ平右衛門は、それでは引かなかった。

「そういうときこそ、貞太郎を育てるよい折ではないのか。あの者も、気持ちを入れるのではないか」

「そうだとよいのですが」

貞太郎は、金左衛門にとって実子であることは間違いない。独り立ちできる商人《あきんど》に育てたい気持ちはあるはずだったが、それはかなわなかった。

「信じられないのか」

平右衛門は責めてきた。金左衛門は、追い詰められた様子だった。平右衛門の言葉は間違ってはいない。その分厄介だが、貞太郎のどうしようもなさはまだ分かっていないようだ。お徳やお狛は、よいことだけしか伝えないのだろう。

少しの沈黙の後で、清蔵の声が聞こえた。

「この度の札差《ふださし》仕法の改めは、過酷なものとなります」

「それは分かった。ご公儀ご重役の肝煎《きもい》りならば、どうにもなるまい」

「私たちは、久間木屋様からお預かりしている千百両を守らなくてはなりません。わずかな遺漏があっても、それが蟻の一穴となるやもしれないと存じます」

「なるほど」

返事があるのに、やや間があった。しかし受け入れたようだ。平右衛門も商人だから、何よりも金子を守ることを第一に考える。まして千両を超える大金だ。お徳やお狛に何を言われても、情だけでは物事の判断をしない。

今でこそ太物屋の主人だが、札差の家に生まれて育った切れ者だった。

「分かった。お徳さんやお狛には、甘いところがある」

と呟《つぶや》いたのが聞こえた。

「しかしこの度の、笠倉屋が進める借り換えだが。札差の間では、話題になっているようだ」

この件も、耳にしていた。蔵前育ちの平右衛門には、札差をする何人かの幼馴染《おさななじみ》がいる。今でも付き合っていると聞いていた。

「それは存じています」

金左衛門は答えた。気にはなるが、ここはどう思われようと方針は変えないという腹である。清蔵とも相談した上でのことだ。

「何か、企《たくら》みがあるのではないかと口にする者がいる。何かあるのではないかとな」

「不正なことは、していません。利率を下げているだけです」

「そうだとしても、口さがない者はいる」

「はい」

「足をすくわれぬようにしなくてはいけない」

話が済んだらしいので、弐吉はその場から離れた。平右衛門は、間もなく引き揚げて行った。貞太郎は、帳場で不貞腐《ふてくさ》れていた。

三

翌日弐吉は、小石川まで足を延ばした。一家でも多く廻《まわ》りたいから、足早になった。二つの坂道を、上り下りした。

行きついたところは、家禄《かろく》二百二十俵の御小普請奉行の屋敷だった。借り換えの対象になる貸金額は、二百四十六両だった。

中年の主人は非番で屋敷にいた。

「おう、押しかけてきたな」

嫌な言い方だと感じた。訪ねることを知っていて、からから気配があった。金談で何度かやり取りしているが、そのときとは雰囲気が違った。

「お考えいただきたいことがあり、伺いました」

「何か」

弐吉は、借り換えの要点について話した。分かっているけれども言わせているという印象があった。

「それで笠倉屋には、どのような得があるのか」

聞き終えて、まず問いかけてきたのはこれだった。口元に嗤《わら》いがある。尋ねられたときのための返答をした。

「それは表向きのことであろう」

「そのようなことは」

「ないと言い切れるか。利息を下げるとか申して、実はどこかでぼろもうけをするのではないか。あるいは、何かの不正でもしているのか」

「不正なんて、そんな」

「もっぱらの噂だ。笠倉屋では、慌てて借り換えをさせているというではないか」

話にならなかった。

「借り換えをするかしないかは、あくまでも札旦那《ふだだんな》がお決めになることでございます」

無理強いはしない方針だから、あっさり引いた。

「待て」

引き揚げようとすると、呼び止められた。

「借り換えをせぬとは、申しておらぬぞ」

「ならば、ありがたいことで」

笑顔で応じる。

「そこで利率だが」

案の定、こちらが告げたものから、さらに引き下げを求めてきた。

「いえいえ、これでお願いいたします」

一人に応じれは、他も下げなくてはならない。笑顔で断った。

四半刻《しはんとき》のやり取りの末、結局こちらの示した利率で、二百両の借り換えをした。

次の屋敷の主人は出仕していて、三家目は七十俵無役の屋敷である。主人は庭で畑仕事をしているところだった。大きくなった南瓜《カボチャ》の収穫をしている。十三、四歳とおぼしい娘が手伝っていた。

ここには八十五両の古い貸金がある。娘は奥に引っ込んで、弐吉と主人は縁側に腰を下ろして話すことになった。

「噂は聞いたぞ。悪事を企んでいるというではないか」

「まさか」

仰天した。「悪事」とまで言われるとは予想もしなかった。

「いったいどこで、そのような」

「そう話した者がいる。蔵宿《くらやど》の方から利率を下げると申してくるなど、おかしな話ではないか」

「いったい、どなたが話したのでしょうか」

「笠倉屋の、他の札旦那からだ」

実際の名は口にしなかった。役や住まいが違っても、店で順番を待っているときに話をして親しくなることはある。

「お待ちください。根も葉もない話でございます」

ただ断られたのではない。このままでは、引き下がれない気がした。

「その方らの事情など、知ったことか。こちらが困って借りに行っても、追い返すではないか」

「そのようなことは、いたしておりません」

希望の額を貸せないならば貸せないなりに、得心させて帰らせているつもりだった。しかし借りられなかった者からすれば、体よく追い返されたと感じたのかもしれなかった。

腹にあった蔵宿への不満が、噂を機に表に出たのかもしれない。相手に聞く耳がなければ、引き揚げるしかなかった。

ここでは、借り換えどころではなかった。

次は三十俵二人扶持《ににんぶち》の小禄の家だった。新造がいて、借り換えに応じた。噂について尋ねると、知らないと返された。四十一両の借り換えだった。ほっとしたが、次からの札旦那では、三家続けて断られた。

「話などいらぬ。帰れ」

野良犬を追うように手を振られたところもあった。

「ううむ」

悪い噂は、知らぬ間に広がっていた。

昨日までは、これほどではなかった。小石川へ来て、急に告げられるようになった。

「悪評が広がったのは、この界隈《かいわい》だけなのか」

気になってお城の西側、市谷の長田《おさだ》という札旦那の屋敷へ足を向けた。家禄百俵の作事方下奉行《さくじかたしたぶぎょう》の屋敷だ。主人は留守で隠居が相手をした。

「まことに、直参《じきさん》のためか」

初めは穏やかな表情だった隠居だが、話を聞き終えて様子が変わった。借り換えについては、あからさまに不信の表情を見せた。

「噂を、お耳になさったのですね」

「うむ。聞いておる」

「不正はありません」

「そうであろう。天下の笠倉屋が、そのようなことをするわけがない。ゆえに話に乗りたいところだがな、そのような噂があるうちは無理だ」

「はあ」

「噂が根も葉もないものならば、いずれは消えるであろう。そのときにまた参れ」

借り換えは、長くても来月の半ばまでの話だ。悪い噂が消えるのを、のんびり待つわけにはいかない。

「いったい誰が、そのような噂を」

隠居は、追い立てるような態度は取らなかった。

「伝えに来た者がいる」

「直参の方で」

「そうではない。どこかの札差《ふださし》の手代だと申した」

「それは」

仰天した。悪い噂を広めている者がいる。笠倉屋に、悪意を持つ者の仕業だという話だ。

「札差の屋号は何と」

「天神屋《てんじん》とか申したと思うが」

「はあ」

そのような屋号の札差はなかった。

「得体のしれない者が、悪意で広げる噂でございます」

弐吉はそう伝えた。

「考えておこう」

隠居は返した。

四

「天神屋を名乗ったのは、何者か」

これは探り出さなくてはならないと弐吉は考えた。これからも、邪魔をしてくるだろう。捨て置けなかった。

「猪作か」

真っ先に頭に浮かんだのは、これだった。猪作にしたら、笠倉屋を貶《おとし》めるためではないだろう。弐吉の仕事をやりにくくさせるためだと考えられる。

しかし猪作は、終日笠倉屋にいて、札旦那と対談していた。小石川や市谷へ、出て来られるわけがない。

「ならばどこの誰か」

己は動かないにしても、貞太郎なら人を使う手もある。猪作と組んで人を雇い、手代らしく振舞わせたのか。

考えられないわけではなかった。貞太郎は、銭を持っている。

「しかし店の損失になるのは間違いない」

いくら貞太郎が愚かでも、そこまではしないという気持ちはあった。ただ目先のことしか見られない貞太郎は、弐吉憎さのあまりやりかねないとも考えた。

他には、笠倉屋をよく思わない札差が、一泡吹かせてやろうとしたというのもないとはいえなかった。気づかないうちに、人から恨まれることはある。何気ない一言が、恨みを買う。

さらに弐吉は、市谷界隈にある市村《いちむら》という札旦那《ふだだんな》の屋敷へ行った。家禄《かろく》六十俵で無役の家だ。

「話は分かったが、借り換えをするつもりはない」

迷う気配はなかった。

「悪意ある噂があるからでしょうか」

笠倉屋には非がないという言い方にした。

「まあ、しばし様子を見よう。これからのこともあるからな、笠倉屋に不満があるわけではないぞ」

まともな反応だと思った。どこで噂を聞いたか尋ねた。

「長田殿の御隠居だ」

一刻《いっとき》ほど前に訪ねてきて、その話をしたのだとか。笠倉屋の者が来ていないかと、問われたという話だった。

「他にも他所《よそ》の札差に出入りする者が、話をしていた」

笠倉屋の札旦那ではないが、面白がって訊《き》いてきたというところらしい。古い借金の利息が下がる話だから、関心もあったのだろう。

さらにもういくつか札旦那のもとへ行った。話ができた札旦那はそのうち三家で、借り換えに応じた札旦那は一家だけだった。四十二両だ。

噂については知っていたが、現れた初老の主人は不快な表情をしていなかった。

かえって歓迎された。

「利息が低くなるならば、噂などどうでもよい」

そういう返答である。割り切っていた。札旦那といっても、いろいろな者がいる。気持ちをかき立てて、弐吉は次の屋敷へ向かった。

夕暮れ近くになって、弐吉は蔵前橋通りに戻って来た。冬太が自身番で書役らと話をしているのを見かけたので、近寄った。

先日は、お文と三人で汁粉を食べる話を遠回しに断っている。少々気まずかったが、定町廻り《じょうまちまわ》同心の城野原について町廻りをしているから、笠倉屋の評判は聞いているはずだ。前には、笠倉屋はおかしなことを始めたと、不審を抱く者もいたという話だった。

その後どうなったか、知りたかった。

「おお、その話か」

冬太は不快な表情を一切見せずに応じた。汁粉の件には、まったくこだわっていなかった。もともと熱しやすく冷めやすい男だった。

あるいは一人で、お文に近付いているかもしれない。ただそうなると、穏やかではない気持ちになる。

しかしそれについては、問いかけられない。今は横に置いておく話だ。

「どうもな、変な雲行きになっているぞ」

「やはり笠倉屋が、企《たくら》みをしているという話ですね」

「うむ。その声が、札差の中で大きくなっている」

「なるほど。利率を下げているのが、面白くないのですね」

「そういうことだろう。笠倉屋がやっているのに、どうしてここは下げないのかと責められる」

「なるほど」

他の札差の札旦那たちにしたら、面白くないだろう。「おかしいぞ」と思う者ばかりではない。「羨《うらや》ましい」と口にする札旦那もいるだろう。

そうなると、笠倉屋だけの問題ではなくなる。

店の先行きばかり気になって、周りのことまでは考えなかった。

「ただ、煽《あお》っている者はいるらしい」

「誰ですか」

噂は、つまらない小さなことから大きくなってゆくことが少なくない。しかし笠倉屋にまつわる悪い噂は、明らかにけしかけている者がいると感じた。

札差天神屋を名乗った、手代ふうの者だ。

「分かったら、教えてやるさ」

冬太は、どこか偉そうな顔になって言った。そこで弐吉は、小石川と市谷の札旦那を廻った話をした。

「なるほど。ふれて廻ったやつがいたわけか」

「ええ。悪意があってのことだと思います」

「そいつを、炙《あぶ》り出したいところだな」

「まったくです」

それが分かれば、対処のしようがある。

「ならばおれが、明日にでも今日おまえが廻った小石川と市谷あたりで、聞き込みをしてやろうか」

「それはありがたい」

借りができると、三人で食べる汁粉の段取りをしなくてはならないかもしれない。

けれどもそれは、仕方がないと考えた。

翌日、冬太は城野原との町廻りの供が済んでから、まず小石川へ足を向けた。市谷へ至る道のりで、どういう経路で歩いたかは、昨日弐吉から聞いていた。訪ねた屋敷も分かっていたが、該当する札旦那のところへ行ったわけではなかった。


「あいすみません。ちと札差《ふださし》の評判について、お伺いをいたしたく」

下手に出て、周辺の屋敷の者に尋ねた。主人ではなく、中間《ちゅうげん》や小者でもかまわない。武家地では、腰の十手は一切通用しない。ひたすら下手に出た。

追い返されたら、それまでだと腹を括《くく》っていた。

「笠倉屋について、問いかけたり話をしたりする者は現れなかったでしょうか」

「そのような者は、来ておらぬ」

問いかけた屋敷の蔵宿《くらやど》は、笠倉屋ではなかった。弐吉が訪ねた札旦那の周辺の屋敷を、訊ける範囲で廻った。しかし天神屋を名乗る手代ふうはもちろん、それらしい者が現れた気配はなかった。

小石川の他の屋敷を廻り、市谷にも足を延ばした。

「笠倉屋など知らぬ。なぜそのような者が、ここへ来るのか」

当然の話だった。弐吉が訪ねた屋敷の周辺で、笠倉屋の悪評について伝える手代ふうは、姿を見せていなかった。

「ということは、笠倉屋の札旦那だけを目指して歩いたわけだな」

冬太は呟《つぶや》いた。手代ふうは、いい加減に歩いたのではない。他所者が、特定の札差の札旦那の屋敷を何軒も知っているのか。通常、考えられない動きだ。

関わっているのは、笠倉屋の内情を知る者ではないか。それが歩いて得た結論だった。

五

同じ日、武吉は四谷から一部青山にかけて屋敷のある札旦那《ふだだんな》のもとを廻った。蔵前からは、お城を間にして反対側になる。

距離はあるが、こちらにも天神屋を名乗る手代ふうが現れていた。それだけではなく、笠倉屋の札旦那や他の札差の札旦那からも、噂を聞いていた。

「笠倉屋に出入りする者に会うと、すぐにこの話になるぞ」

「さようで。痛くもない腹を探られて、困っております」

あくまでも噂だということを強調した。不正だとするならば、どのような不正なのかはっきりさせろという気持ちがあった。

「そのような噂があったのか。知らなかったぞ」

「さようで」

弐吉の方から話した。どうせ耳にしていると思ったからだ。蔵前から遠いと、噂も耳に入りにくくなるのかもしれなかった。

「そのような噂などは気にせぬ。利率が下がるのはありがたい」

あっさり借り換えに応じた。とはいえそれはごく一部で、噂を信じている者ももちろんいて、毛嫌いする者は少なからずいた。借り換えに応じられたこの日の合計は、九十六両に留《とど》まった。

笠倉屋の店でも、訪ねて来た札旦那に借り換えを勧めている。しかし昨日一昨日と、応じる者が少なくなっていた。

「笠倉屋がすることは、どうも怪しい」

根も葉もない噂でも、複数の場所から耳に入ると多くの札旦那は実態を知らぬまま、敵愾心《てきがいしん》を持つようになった。借り換えどころではない状態になっている。

「やりにくくなっているぞ」

外廻りから戻って来ると、目を合わせた佐吉がぼやいた。

猪作は感情を面に出さず、無表情で札旦那の相手をしている。何を言われても動じない。借り換えを勧めていた。

どうでもいいと考えているからか、強靭《きょうじん》な心を持っているからか。人に認められたいという気持ちの裏には弱さがあると感じるが、それはいけないことではない。弐吉にもその気持ちがあった。自分を支える。

お文やお浦の言葉に慰められる。清蔵に褒められればうれしい。

ただ猪作には、そのあたりが弐吉には見えない。

もう一人の手代桑造は、しつこい札旦那に手子摺《てこず》っていた。桑造は弐吉よりも一つ歳上だが、気の弱いところがあった。

「貸金を一つにまとめたいというだけで、強欲な商人《あきんど》は利率を下げるわけがない。何かがあるからだ。それを話せと言っているのだ」

「何かとおっしゃられても」

「うるさい。わしに借り換えを勧めてきたときには、その方はそれについて何も言わなかった。それでは、商いとして相済むまい」

桑造の相手は三十代半ばの歳で、胸厚で肩幅もある大柄だ。顔もなかなか強面《こわもて》で、弁も立つ。迫力があって、やりにくい相手だ。

すでに借り換えを済ましていたが、わざわざ苦情を言いに出てきたのだ。

いったん話がまとまっていながら、後になって苦情を持ち込む札旦那はそれなりにあった。何事にも難癖をつけて絡んでくる者はいる。この手の者の対応は厄介だが、相手をしないわけにはいかなかった。

弐吉は、一番年嵩《としかさ》の小僧太助《たすけ》に訊《き》いた。

「桑造さんの相手は、もう長いのかい」

「絡み始めて、もう半刻《はんとき》以上になります」

「苦情ついでに、金子《きんす》をせびろうという腹か」

「そうかもしれません」

その札旦那が来たとき、猪作も手が空いていた。癖のある相手だから、桑造に押し付けたのである。

「面倒な籤《くじ》を引かされたわけだな」

太助から、一日の店の模様を聞いた。太助は困惑の顔を向けた。札旦那を廻《まわ》って歩いていても、様々な反応があった。

「若旦那を出せ。それならば、話がつくだろう」

貞太郎は甘いと見ての発言だ。押しに弱い役立たずだと分かった上でのことである。貞太郎は面倒な場面になると、姿を消すそうな。

一昨日までに借り換えができたのは、三千八百九十二両だった。そして昨日今日は、店で勧めたものと弐吉が外廻りして話をまとめた分を合わせて、二百三十一両にしかなっていなかった。合わせて四千百二十三両だ。笠倉屋の五年以上前の貸金残高は、初めは八千百六十五両だったから、まだ半分ほどにしかなっていなかった。

噂で、借り換えが一気にやりにくくなったのは明らかだ。

とはいえ借り換えを反故《ほご》にしたいと言ってきたのは、二家だけだった。苦情は言っても、利率が下がることは歓迎していた。

金左衛門は、金主久間木屋平右衛門への出資金返済のための資金の手立てをするべく外出していて、まだ戻っていない。笠倉屋の金主は、他にもいる。

高額の資金調達は主人や番頭の仕事だった。

札旦那への貸金に当てる金子の用意はあるが、それとは別に返済の百四十両を用意しなくてはならない。別枠で用意しておくものだが、足りないこともあるらしかった。

返済が滞れば、金主を失う。江戸の大店《おおだな》や、近郊の豪農といった者たちが、利殖のために金を出していた。

店の戸を閉めたところで、弐吉のもとへ冬太が姿を見せた。今日、小石川と市谷界隈《かいわい》を歩いて分かったことを伝えに来たのである。

詳細を聞いた。

「噂を広げるだけならば、相手は誰でもよさそうです。笠倉屋の札旦那を選んだというところに、企《たくら》みがありますね」

「しかも廻ったやつは、ちゃんと笠倉屋の札旦那を摑《つか》んでいる」

「噂の発端は、やはり笠倉屋の誰かですね」

「行った先が、どこも偶然笠倉屋の札旦那だったなどということはあり得ないからな」

「店の中の、誰かが漏らしているわけですね」

「そうだ。何があるか知らねえが、借り換えを思いついたおまえを、貶《おとし》めるのが目当てだろうよ」

そうなると、思い当たるのは二人しかいない。

「やはり」

といった気持ちだ。

「しかしおかしいぞ」

と弐吉は考える。借り換えは、笠倉屋を守る唯一の手段だと考える。

詳細は伝えていなくても、何かは感じているはずだった。弐吉がどうなろうとも、貞太郎や猪作にしたら、笠倉屋へ多大の損失を与えては意味がない。そこを理解しかねた。

「手間をかけました」

弐吉が礼を口にした。何であれ、冬太の聞き込みは役に立った。

「なあに、おまえのためだ」

笑顔を見せた冬太は、そのまま言葉を続けた。

「事が治まったら、お文さんを交えて、三人で汁粉を食おう」

「そうでしたね」

冬太は忘れてはいなかった。

「汁粉だけでなく、あべかわ餅《もち》も食いたいぞ」

「はあ」

食べたければ、何でも食べればいい。面白くないのは、お文を連れて来なくてはならないことだ。

「そのときの代は、すべておまえが払うのだ」

「ええっ」

前は、冬太が払うという話だった。

「不満があるのか」

そう言われて、弐吉は首を横に振った。

「そんなことはありません」

「ならばよい」

冬太は満足そうに頷《うなず》いた。

六

笠倉屋の中にいて、札旦那《ふだだんな》のことや店の状況を漏らす者がいるとしたら、弐吉には貞太郎か猪作以外には考えられない。貞太郎は若旦那でありながら、つま弾《はじ》きされている。久間木屋平右衛門も、頼りにならなかった。

平右衛門とお徳やお狛の間でどのようなやり取りがあったかは知るよしもないが、貞太郎は落胆をしたことだろう。仕事に加われないだけでなく事情も知らされないということに、不満を募らせたはずだった。

とはいっても、何もできない。ただ貞太郎を表に出して役に立とうと考えている猪作にしてみれば、面白くないはずだった。

新札差仕法《ふださししほう》は、相当に厳しいものになる。笠倉屋にとっても、土台を揺るがしかねない沙汰《さた》が下されると、清蔵や弐吉は踏んでいる。けれども貞太郎や猪作は、そこまで深くは考えていないかもしれなかった。

店の戸が閉まった。食事の後は、小僧に読み書きを教えるが、今日は佐吉が当番だった。板の間に、小机が並べられた。

食事を済ませた猪作が、店を出た。

「貞太郎と飲むのか」

と思ったが、店には貞太郎がいた。金左衛門に帳付《ちょうづ》けを命じられていた。算盤《そろばん》を弾いている。気弱な貞太郎は、札旦那を相手にした対談はできないが、帳付けだけはどうにかできた。

弐吉は猪作が一人で、どこへ行くのか気になった。用はないので、後をつけてみることにした。

表に出ると、すでに姿はなかった。

雪洞へ行ったが、猪作の姿はなかった。少し慌てた。足早に歩いたのならば、何かあったのかもしれない。

「どうしたの、まさか弐吉さんが飲みに来たわけじゃないだろ」

気がついたお浦が声をかけてきた。

「いや、猪作さんが来ているのではと思って」

「来ていないよ。来たのは、一昨日の夜だった」

久間木屋がやって来た夜だ。

「あのときは、二人でやって来た。貞太郎さんは、だいぶ荒れていたっけ」

それはそうだろう。猪作は慰めたわけか。だとしたら、猪作の役目もなかなか骨が折れそうだ。

「そうか。ならばどこへ行ったのか」

呟《つぶや》きになった。

「猪作さんならば、少し前に見たよ。浅草寺《せんそうじ》の方へ歩いて行ったっけ」

「ありがたい」

弐吉はすぐに、蔵前橋通りを北へ向かった。お浦は何か言っていたが、聞いている暇はなかった。

酒を飲ませる店はいくつもあって、明かりを灯《とも》している。しかしどこへ行ったのかは分からない。通りかかった顔見知りの手代に声をかけた。

「猪作さんを見かけませんでしたか」

「ああそれならば、この先の黒船町《くろふねちょう》のあたりで見かけたっけ」

御米蔵の先だ。そこで黒船町まで駆けた。

ここには小料理屋が二軒と居酒屋が三軒あった。早速居酒屋を覗《のぞ》いた。気づかれてはいけないので、出入り口ではなく小窓から覗いた。中は談笑する客たちの熱気で溢《あふ》れていた。

しかし、猪作の姿はなかった。

小料理屋を確かめようとしたが、戸が閉まっている。間口が狭い店だから、どちらにも小窓はなかった。

客の出入りがあるのを待つことにした。

まず一軒目、少しばかり様子を見ていると、戸が開いて客が出てきた。弐吉は中を覗いたが、猪作の姿はなかった。

もう一軒亀屋《かめや》という屋号の店を見張った。そこで番頭ふうと向かい合っている猪作の姿を目にした。

「何者だ」

番頭ふうは背を向けているので、顔が見えなかった。出て来るのを待つことにした。

四半刻《しはんとき》ほどで、店の女中が出てきて辻駕籠《つじかご》を二丁拾って来た。出て来たのは猪作ともう一人が番頭ふうだった。

軒下の提灯《ちょうちん》の明かりで顔が見え、誰だか分かった。

「丑之助さんじゃあないか」

弐吉は声を呑《の》み込んだ。大口屋の番頭である。

丑之助と猪作は駕籠に乗り込んだ。二丁の駕籠は、浅草寺方向に進んだ。

「えいほ、えいほ」

弐吉はそれをつけた。浅草寺門前を右折して、花川戸町《はなかわどまち》へ出た。浅草川《あさくさがわ》に沿って千住宿《せんじゅじゅく》へ向かう道を進んで行く。待乳山聖天《まつちやましょうでん》まで来たところで、堤に出た。二丁の駕籠は左折して、堤の河岸《かし》道を進んで行く。

このあたりは、来たことがなかった。

どこへ行くのか見当もつかない。ただ提灯を手にした通行人の姿は、夜になってもそれなりにあった。

向から先に、まるで昼間のように明るい一画が見えてきた。その明かりの中から、たくさんの三味線の音も聞こえてきた。

「な、何だこれは」

仰天した弐吉は声を漏らした。四角く囲まれた土地は眩《まぶ》しくて、闇の中から浮かび上がっている。

河岸の道から、その一画に向かう道があった。五十間ほどの道で、両脇には明かりを灯した飲食をさせる店が並んでいた。少なくない数の男が、行き来をしている。すでに酒気を帯びた者の姿もあった。

「ああ、ここは」

吉原という場所だと気がついた。近江屋と貞太郎が、駕籠をしたて幇間《ほうかん》を連れてやって来る場所だった。

弐吉がここへ来るのは初めてだ。心の臓が、音を立てた。

明るく賑《にぎ》やかな町は、溝と塀に囲まれている。見たところ入口は一つで、黒塗りの板葺《いたぶ》きの屋根が付いた冠木門《かぶきもん》だった。

丑之助と猪作が乗った駕籠はこの門前で停まり、二人は降りた。駕籠の代金は、丑之助が払った。

二人はそのまま門を潜り、明るい町の中へ入っていった。

「どうしたものか」

弐吉はこのままつけてよいものなのかどうか迷った。しかし次々に現れる男たちは、何の問題もなく出入りをしていた。ここまで来た以上、引き揚げるわけにはいかないと考えた。

せめて二人がどこへ行くのか、見定めなくてはという気持ちだった。

七

丑之助は、迷う様子もなく歩いて行く。猪作はその後をついて歩いて行った。道の両側に並ぶ建物に目をやっている。

弐吉も、その後に続いた。門を潜るとき何かを言われるかと思ったが、それはなかった。

昼間のように明るい通りを歩いて行く。両側に並ぶ店にはどこも広い窓があり格子が嵌《は》められていて、その向こうに着飾った女たちが座っていた。格子は窓全体を覆うものと、四分の一くらいが開いているものと、下半分だけ覆っているものがあった。

格子が広い窓すべてに嵌《はま》っているのは、間口が七、八間以上もある重厚な建物に限られていた。燭台《しょくだい》がいくつもあって、眩しかった。夜に、ここまで明るい建物を目にするのも初めてだった。

中に座っている女は、見たこともないような派手な衣装で美しかった。それぞれの店から聞こえてくる三味線の音が、気持ちを掻《か》き立ててくる。

格子が四分の一くらい開いている店は、間口も前よりも狭く、建物の造りも劣る気がした。下半分だけ組まれた店は、間口も狭く前の二つよりも劣っていた。

丑之助と猪作が入ったのは、この真ん中の店だった。それでも弐吉には、艶《あで》やかで華やかでこの世のものとは思えない世界だった。

二人が入った店の屋号を確かめた。珠《たま》屋という屋号だった。

多数の男客が格子の中を覗いて、女たちと何かやり取りをしている。武士も町人もない。ここでは同じように扱われていた。

周囲に目を奪われていたからだろう、誰かにぶつかった。

「ぼやぼやするな」

「すみません」

怒鳴られて、すぐに謝った。

「おめえ、なかへ初めて来た田舎者だな」

男は言った。三十歳前後の、職人ふうだった。

「へえ」

正直に言った。江戸生まれではあるが、ここでは田舎者だと思った。

「遊びに来たのか」

「いえ、お供で」

そう告げるしかなかった。

「まあ、おめえが遊ぶのは、百年も早いかもしれねえな」

怒っている気配はなかった。気のいい者らしかった。そこで思い切って尋ねてみた。

「店を覆っている格子ですが、すべて覆っているものとそうでないものがあります。どうしてでしょう」

「そんなことも知らねえのか」

男は言うと、嬉《うれ》しそうに続けた。

「格子があって女が並んでいるところを、張見世《はりみせ》というんだ」

通り過ぎる男たちに顔を見せるから、「見世」という言い方にするのだと付け足した。

「あの格子はな、籬《まがき》っていうんだ。すべて覆っているのが惣《そう》籬といって大見世だ。四分の一くらい開いているのは、半籬といって中見世ってえわけだ。下半分だけのは惣半籬で、小見世ということだな」

「なるほど」

すると丑之助と猪作が入ったのは、中見世となる。それでも艶やかだが、惣籬の大見世は、目も眩《くら》むほどだった。それぞれの店から聞こえる三味線の音は、客寄せのための清掻《すががき》というのだそうな。

「あそこで十八大通と呼ばれる近江屋喜三郎は、金に飽かして遊んでいるのか」

と弐吉は思った。札旦那《ふだだんな》から搾り取った利息の金でだ。その中には、宇根原から得た金子《きんす》も混じっていることだろう。

「惣籬で遊ぶには、目が飛び出るほど銭がかかるぞ」

「どれくらいでしょう」

「そうだな、十両くらいはかかるんじゃあねえか。お大尽ともなれば、その何倍かもしれねえ」

目の前の男は、惣籬で遊んでいるようには見えなかった。

「半籬でも、たいしたものですね」

「そりゃあそうだ。あそこだって、小判の一枚くらいは持っていないと敷居を跨《また》ぐことはできねえだろうさ」

どうやら目の前の男は、その下の惣半籬で遊ぶつもりで出てきたのかもしれなかった。半籬の見世が実際にどれほど掛かるか、はっきりとは知らないのかもしれない。とはいえまったく見当違いとは感じられない。

商家の手代や職人程度では、珠屋では遊べないと分かった。猪作は、丑之助から接待をされたことになる。

職人ふうと別れた弐吉は、珠屋の前に立った。格子の内側にいる女たちは、愛想よく通りかかる男客に声掛けをしていた。

弐吉は珠屋の籬内の遊女に問いかけた。

「大口屋の丑之助さんを知っていますか」

ここでの丑之助や猪作について、聞きたかった。

「何だい。遊ぶんじゃあないのか。ならば邪魔だから、あっちへお行き」

値踏みするような目で見られてから、邪険に言われた。それまであった媚《こ》びるような笑みが、顔から消えていた。そして他の男に声をかけた。

もう弐吉には、目も向けない。

仕方がないので、弐吉は隣にいた女に問いかけをした。

「知らないよ。それがどうしたっていうんだい」

まともに相手にはされなかった。三人目四人目に尋ねた女は、返事もせず冷やや
かな一瞥《いちべつ》を寄《よ》こしただけだった。

それで弐吉は、見世の出入り口まで行って色暖簾《のれん》の中を覗《のぞ》いた。すでに丑之助と
猪作の姿はなかった。座敷に上がったらしい。

土間に二人の男衆の姿があった。弐吉は頭を下げて問いかけた。

「今、大口屋の番頭さんが手代ふうを連れて入りましたが、よく来るのでしょうか」

追い返されるならばそれでいいと思った。

「何だ、おめえ」

敵意のこもった鋭い声だった。

「手代ふうが、知り合いなもので」

男衆も、値踏みするように弐吉の頭から爪先《つまさき》までを見た。

「表へ出ろ。ここでは客の邪魔になる」

言われた通りにした。建物の間にある路地の闇に連れ込まれた。そこで話しても

らえると思ったが、そうではなかった。

いきなり頬に、拳《こぶし》が飛んできた。体が壁にぶつかった。休む間もなく腹に膝蹴《ひざげ》りが入った。あっという間のことで、避《よ》ける暇もなかった。

「うっ」

数発やられたところで告げられた。

「うろうろするんじゃねえ。さっさと消えろ。そうでねえと、この程度では済まねえぞ」

「…………」

「客のことを、訊《き》かれて話す者などいるか」

吐き捨てるように言うと、行ってしまった。弐吉としては、騒ぎを起こしたいわけではない。尋ねただけで、ここまでやられるとは考えもしなかった。吉原は、常とは異なる世界なのだと知らされた。

体中に痛みが残っている。唇の端が切れているらしく、血の味がした。引き揚げるしかなかった。

眩《まぶ》しくて賑《にぎ》やかな通りに出た。男と女のやり取りの声が聞こえる。場違いな世界だ。弐吉は足早に歩いて、大門《おおもん》の外へ出た。背中で、清掻の音が響いている。閻魔《えんま》が叫んでいるような気がした。

日本堤《にほんづつみ》を歩きながら考えた。猪作が、吉原ではない安い女郎屋へ遊びに出かけたことは知っている。自慢げに、小僧たちに話していた。しかし吉原へ来たという話は聞かなかった。

「丑之助さんに、初めて連れて来られたのか」

駕籠《かご》代も払っていなかった。遊女屋での遊びの代は、丑之助が払うのだと察せられた。大口屋が、猪作を遊ばせたという話だ。

「なぜ遊ばせたのか」

猪作から、笠倉屋の内情を聞き出すことができるからだ。笠倉屋の情報を外に流していたのは猪作だと、弐吉は確信した。

第五章　棄捐《きえん》の令

一

吉原から戻った弐吉は、清蔵の住まいを訪ねた。見聞きしたことを、いち早く伝えなくてはと思っていた。夜も更けている。清蔵は、自宅へ帰っている刻限だった。

弐吉の顔を見て、清蔵はだいぶ驚いた様子だった。

「大丈夫か」

「はい」

「無茶はするなよ。お文に、手当をしてもらうがいい」

と告げられた。ともあれ、詳細を話した。

「そうか。漏らしていたのは、やはり猪作だったか」

確証はなくても、他に考えようがない。そもそも珠屋の件がある。

「やはり大口屋は、笠倉屋に恨みを持っていたのでしょうか」

切米《きりまい》の折の自家用米の荷運びで、大口屋は笠倉屋との関わりで痛い目を見た。忘れてはいないはずだ。

「それだけではないだろう。あそこは、新たな札差仕法《ふださし》がありそうだと、薄々感じている」

「丑之助さんが、見えていましたね」

「中身については、おそらく分かっていない。こちらが、何かを摑《つか》んでいると踏んでいるのだろう」

「それも気に入らないのでしょうね」

「もちろんだが、新仕法については、こちらが感じているほど危ういとは見てないかもしれない」

金左衛門が口にした「徳政令」という言葉は、弐吉には衝撃だった。しかし西山や樽屋の反応からして、それに近いものになるのは明らかだ。

「大口屋はこの際、笠倉屋を貶《おとし》めようとしたのは間違いない。追い詰めて、札差株を奪おうとしているのかもしれぬ」

札差株の数は、限られている。商いを広げるためには、他所《よそ》の株を奪わなくてはならない。

「野心があるならば、変わったことをしている笠倉屋は責めるのに都合がいいだろう。他の札差も、勝手な真似をすると冷ややかな目で見ているわけだからな」

「猪作さんは、どうして笠倉屋を裏切るような真似を」

「貞太郎を、見限ったのではないか」

「はあ」

猪作は貞太郎が主人になったときに、その後ろ盾になって笠倉屋を我がものにしようと企《たくら》んでいると、弐吉は見ていた。けれどもこれまで貞太郎についていて、ろくなことにならなかった。

大きなしくじりに加担をさせられて、他の奉公人たちからは、軽く見られるようになった。

金左衛門や清蔵からの信頼も、失ったかに見えた。尻《しり》をまくるということも、ないとはいえなかった。

「話は聞いた。笠倉屋へ帰るがいい」

「はい」

弐吉が裏木戸から笠倉屋の敷地に入ると、台所に明かりが灯《とも》っていた。お文が出てきた。弐吉の帰りを待っていたらしかった。お文に手当をしてもらえと清蔵が言ったが、こういうことかと察した。

お文はすぐに、殴られて腫《は》れた顔に気づいた。

「これはたいへん」

事情を伝えた。濡《ぬ》れ手拭《てぬぐ》いで、傷口をきれいにしてくれた。軟膏《なんこう》を取ってきた。

「染みても、我慢してくださいね」

そう言ってから、お文は顔を近づけて指で軟膏を塗ってくれた。ひりひりと染みるが、それは気にならない。それよりも四、五寸先に、お文の顔があった。

こんなに顔を近づけたのは初めてで、どきりとした。弐吉の怪我を気にかけてくれている。

美しいと思った。吉原で見た女たちとは、別物の美しさだった。籬《まがき》の女たちには冷ややかに扱われ、男衆からは問答無用の狼藉《ろうぜき》を受けた。弐吉の胸には、持って行き場のない後味の悪さがあった。

軟膏を塗られるたびに、胸にあったこだわりが薄れてゆくのを感じた。

そしてお文に対する親しみの気持ちが、一気に膨らんだ。

この人は、どうしてここにいるのだろう。そんなことを考えていると、つい口に出して訊いてしまった。

「お文さんは、どうして江戸へ出て来たのですか」

軟膏を塗るお文の手が止まった。それで我に返った弐吉は、とんでもないことをしてしまったと慌てた。触れてはいけないことだと感じていた。大事なものを、失ってしまいそうな怖れがあった。

「すみません。余計なことを訊いてしまって」

「いいんですよ。気にしてくれて、ありがとう」

笑顔はないが、それで一時止まった手がまた動いた。怒ってはいないらしい。弐吉は安堵《あんど》した。

ここで何か言うかと思ったが、軟膏は塗り終わってしまった。そのまま行ってしまったが、少しずつ気持ちを許してきていると感じた。

塗られた軟膏が、痛みを和らげてゆく。

翌日弐吉は、清蔵と打ち合わせをした後で、赤坂《あかさか》、麻布、飯倉《いいぐら》といった界隈《かいわい》を廻《まわ》るべく、笠倉屋を出た。蔵前からは遠い場所だ。

吉原で受けた傷や腫れは、軟膏のお陰でだいぶ良くなった。

猪作は昨夜、町木戸が閉まる刻限になって帰ってきた。手代は離れの長屋で寝起きしているので、弐吉は気がついた。隣り合わせた部屋だ。

今朝は何事もなかったように朝食をとり、店に出た。弐吉とは、言葉を交わさなかった。

蔵前橋通りを少し歩いたところで、冬太が駆けてきた。

「おい。大口屋が、古い貸金の借り換えを始めたぞ」

城野原と町廻りをして、耳にしたらしかった。朝の町廻りで耳にして、早速知らせて来たのだ。

「勝手な話だな。さんざん悪い噂を流しておいて」

聞くと腹が立った。弐吉は、昨夜の猪作と丑之助の動きについて話した。

「なるほど。猪作は、笠倉屋が腰を据えてやっていることを話したわけだな」

「ええ。もともと大口屋は、公儀が何かをしようと企んでいることに気がついていました」

「変わり身が早いな」

「猪作さんは若旦那《わかだんな》を、あるいは笠倉屋を見限ったのかもしれません」

「そうなると、店はどうでもいいわけだな」

「大口屋に、受け入れられたいのだと思います」

「ふざけた話だ。まあ商人《あきんど》など、そのようなものだろうが」

笠倉屋や弐吉を責めるというよりも、商人に対する冬太の思いなのだろうと弐吉は受け取った。

「大口屋と近江屋は、どちらも阿漕《あこぎ》な札差だ」

冬太は続けた。

阿漕だとはいっても、二つの店は儲《もう》けた金の使い方が違う。近江屋喜三郎は吉原で散財しているが、大口屋弥平治は商いについて野心を持っていた。

昨夜の大籬の見世の、あでやかさを思い出した。

「教えてもらって助かりました」

いずれ知れることだが、早く分かることが大切だ。弐吉は店に戻って、その件を清蔵に伝えた。もちろん、猪作や貞太郎には話が聞こえないように注意した。

弐吉の話を聞き終えた清蔵は言った。

「そうか。ならばおまえは、丑之助と猪作の関わりを探れ」

札旦那廻りよりも、その方が先だと考えたらしかった。

今後も、何があるか分からない。必要に応じて、対策を練らなくてはならなかった。また猪作が笠倉屋を裏切っていると確証が取れたら、置いておくわけにはいかないだろう。

「では、早速」

弐吉はまず、大口屋へ行った。顔見知りの小僧に問いかけた。

「おまえだけにやるのだぞ」

途中買ってきた竹皮に包んだ饅頭《まんじゅう》を持たせた。

「貸金の借り換えは、いつ告げられたのかね」

「今朝です」

「それまでは、まったく言われなかったのだな」

「ええ。みんな驚きました」

昨夜のことがあって、今朝になって弥平治と丑之助が決めたのだと思われた。それから昨日の黒船町の亀屋へ行った。

掃除をしていた女中に小銭をやって問いかけた。

「昨夜、番頭ふうと手代ふうが、口開け頃に四半刻《しはんとき》ほど飲んでいましたが、覚えていますか」

「ええ。丑之助さんですね」

昨夜のことだ。丑之助は常連ではないが、直参《じきさん》らしい侍とたまに来るという。口《くち》煩《うる》い札旦那を懐柔するためか。

「昨日の手代さんは、三度目くらいだと思います」

名は分からない。昨日の前は三、四日前で、その前は満月の翌日か翌々日あたりだという。それならば、笠倉屋が古い貸金の借り換えを始めたあたりからだ。

そういえばあの頃、訪ねて来た丑之助が、猪作を褒めるようなことを口にしていた。

「やはり貞太郎と笠倉屋を見限って、大口屋へ移ろうという腹か」

弐吉は呟《つぶや》いた。

二

亀屋から大口屋へ戻った弐吉は、店から出て来た初老の札旦那に問いかけた。

「借り換えの話は、出たのでしょうか」

「ああ、出たぞ」

「どれほどの利率でしょうか」

他の札差の手代だと伝えた上で尋ねた。

「一割一分だ」

笠倉屋は一割三分だから、二分低くしていた。思い切った数字だ。

「いきなり何だ、という気持ちだぞ。すぐには乗れぬ」

「どうなさるので」

笠倉屋のこともあると付け足した。大口屋は、借り換えをさせる笠倉屋のことを、訪れた札旦那たちに、よくは言っていなかった。

少し待って、もう一人の札旦那にも問いかけをした。

「笠倉屋よりも低い利率だというからな、話に乗った」

中年の札旦那はそう答えた。この数年では例のない低利だ。不審に感じている気配はなかった。

ここまでのことを清蔵に伝えるために、弐吉は笠倉屋へ戻った。

「そうか、大口屋は一割一分か」

「新札差仕法の厳しさを、悟ったのではないでしょうか」

「弥平治や丑之助も、じっとしてはいない。猪作の話もあるだろうが、樽屋あたりから何か聞き込んだのかもしれないな」

「となるとこちらよりも、だいぶ遅れた動きになりますね」

「慌てているだろう」

とはいえ近江屋を初めとするあらかたの店は、何もしていない。

「ここは荒波を乗り切って、他の札差との違いを示そうというわけでしょうか」

「まあ、そうだろう」

損失を最小限にしたいとの考えは、商人として同じに違いない。

「それにしても、触《ふれ》が出たときに、笠倉屋の後手に回ることになっては面白くないでしょうね」

「それはそうだ。大口屋も、借り換えをさせることに力を入れるだろう」

被害を減らせる手立ては、その他にはない。

今日は、まだ半日残っている。断られるにしても、借り換えを一つでも増やせるように札旦那を廻《まわ》ることにした。

足を向けた赤坂や麻布界隈《かいわい》はめったに来ない場所だが、米を届けているので、屋敷には迷わずに着いた。

「ここまでよく来たな」

悪い噂を知らない札旦那も少なからずいた。

「それはよい話だ。借り換えをいたそう」

この日は、夕方までで百七両の借り換えができた。遠くまでやって来たかいがあった。

その夜、猪作は貞太郎に連れられて店を出て行った。

そして翌日弐吉は、芝《しば》から飯倉界隈を廻った。ここでも、九十八両の借り換えができた。店の分も含めて、昨日までの借り換え分を合わせると総額が四千三百両を超える額になる。

とはいえ、まだ五年以上前の貸金残高の半分ほどにしかならない。これからが正念場だった。

夕方店に戻る前に、雪洞に足を向けた。

「私に何か用かい。汁粉でもご馳走《ちそう》してくれるならば嬉《うれ》しいけれど」

とお浦に言われた。

「そうですね」

曖昧《あいまい》に応じてから、昨夜貞太郎と猪作が来ていなかったか尋ねた。

「来ていたよ。でも様子が、いつもと比べて変だった」

「どう変だったのですか」

「猪作さんは、いつもは若旦那の言うことは何でも聞くのに、昨日は違った」

「聞かなかったのですね」

「うん」

　驚きはない。当然の流れだと思った。貞太郎が、猪作の心の動きを読み取れなかっただけだ。

「若旦那は、それで叱ったんですか」

「それがね、そうじゃないの。慌てた様子だったけど」

「叱れなかったわけですね」

「猪作さんがいなくなったら、もう味方が誰もいなくなってしまうからかしら」

　お浦は、はっきりしたことを口にした。

「なるほど」

　貞太郎は自尊心が強くて傲慢だ。けれども自分が何もできないということを分かっている。笠倉屋には、お徳とお狛を除けば味方がいない。今となっては、猪作を敵に回すことはできないと感じているのだろう。

「むしろご機嫌取りしているみたいで、おどろいた」

　それを聞いて、猪作は完全に尻をまくったと判断した。

お浦には礼を言って、弐吉は笠倉屋へ戻った。

猪作の動きについては、小僧の新助にそれとなく様子を見ているように伝えていた。

「変わったことはありません」

「若旦那は」

「機嫌が悪かったです。太助さんが叱られていました」

大きなしくじりをしたわけではないが、しつこくやられたらしい。八つ当たりだ。

「寂しい男だな」

貞太郎の弱さを思った。とはいえ、同情する気持ちにはならなかった。

店に入って、清蔵に一日の報告をした。すると清蔵に告げられた。

「明日には、久間木屋さんへの返金百四十両の用意ができる」

金左衛門が、金主である久間木屋への返済金を調えたのである。

「夕刻になるだろうが、若旦那がそれを高砂町の店まで届ける」

「はあ」

それには少しばかり驚いた。

「そこでお前には、供をしてもらいたい」

百四十両は大金だから、極めて重要な役目だ。それを若旦那が届けるのは当たり前のようだが、貞太郎だとなると任せるわけにはいかない。

「おかみさんや大おかみさんから、ふさわしい仕事を任せるようにという話があってな」

清蔵は、気持ちを窺《うかが》わせない顔で言った。それで貞太郎の役目となったらしい。

「おまえが一緒ならば、安心だ」

「若旦那は、それでよろしいと」

弐吉を供にするのは不満だろう。

「苦情は言わせなかった。これも商いの内だ」

貞太郎の供は厄介だが、仕方がなかった。弐吉にしても、避けたいところだった。

清蔵の言葉は、弐吉に向けた言葉でもあった。

三

翌日、弐吉は本所深川界隈で、前に訪ねて主人が留守だった札旦那の屋敷を廻った。

「いきなりの借り換えなど、何か裏があるのではないかと思うぞ」

「笠倉屋だけではありません。他の店でもやっています」

責める側にいた大口屋が、借り換えを札旦那に勧めるようになった。節操がないと思うが、不利と気づけばなりふり構わず態度を変える。それが商人《あきんど》というものだと考えた。

そして夕刻前、六十八両の借り換えを済まして笠倉屋へ戻った。別の金主のもとへ金を受け取りに行った金左衛門は、まだ戻っていなかった。

三十両ほどが、まだ調っていなかった。弐吉は新助に、猪作の動きについて尋ねた。

「米の換金を命ずる札旦那がありましたので、そちらへ行っていました」

急の必要で、自家米を換金したいと伝えてくる札旦那は、それなりにいる。新助は、荷車を引いて、受け取りに行っていたのだった。

ずっと見張っていたわけではない。他の小僧に訊《き》いた。

「そういえば、席を外していたことがありましたが、雪隠《せっちん》かもしれません」

はっきりはしなかった。少しの間ならば、目立たぬように外へ出ることはできただろう。清蔵も、ずっと店にいるわけではない。他の金主から借り受けるのである。

金主は一軒だけではなかった。

薄闇が蔵前橋通りを這《は》った頃、金左衛門が戻ってきた。

「金子《きんす》が調ったぞ」

百四十両を、貞太郎が金左衛門と清蔵、そして弐吉がいる前で検《あらた》めた。

「確かにあります。では、行ってまいります」

貞太郎は袱紗《ふくさ》に包んだ金子を、懐へ押し込んだ。その頃には、笠倉屋も店を閉じていた。

二人は提灯《ちょうちん》を手に店を出た。猪作の姿は、見えなかった。

「おまえは久間木屋さんへ行っても、何も話さなくていい」

歩き始めたところで、貞太郎は言った。

「はい」

「ただのお供なんだから、余計なことをしてはいけない」

弐吉は、貞太郎の言うことには逆らわない。蔵前橋通りを歩いていて、冬太と出会った。

「どうした」

声をかけて来た。貞太郎と歩いているので、驚いたらしい。

いた。

「いやちょっと」

わけを話そうと思ったが、貞太郎は睨《にら》みつけてきていた。

「また」

それ以上の言葉を交わすことなく、二人は高砂町へ向かった。歩いているうちに暮れ六つの鐘が鳴った。

昼間は荷船が行き交った浜町河岸《はまちょうがし》も、夕闇の中ではひっそりとしていた。水面《みなも》を吹き抜ける風は冷たかった。

浜町堀は、明るいうちは荷船が行き来をするが、この刻限になると一艘《そう》も通らない。行き過ぎる人も少なかった。

貞太郎と弐吉が持つ提灯が、微《かす》かに揺れていた。

堀を渡す橋が見えた。その向こうにある闇から、二つの影が現れた。乱れた足取りで、酔っぱらいのように見えた。すれ違おうとしたところで、貞太郎にぶつかった。明らかにわざとだ。

「おい、どうしてくれるんだ」

前を塞《ふさ》ぐように立って、凄味《すごみ》のある言葉をかけてきた。

「ぶつかって来たのは、あんたの方じゃないか」

ちらと弐吉の方に目を向けてから、貞太郎は言った。怯《おび》えているのがよく分かった。大金を懐にしている。

「何だと、おれたちが因縁でも吹っかけているとでもいうのか」

「舐《な》めやがると、ただでは済まねえぞ」

二人の破落戸《ごろつき》ふうは、絡むつもりで言っている。話すだけ無駄だった。弐吉は提灯を地べたに置くと、前に出た。

貞太郎はおまえが相手をしろと言わんばかりの目を弐吉に向けて、先へ行こうとした。

「このやろ」

破落戸の一人が、貞太郎の腕を摑《つか》んだ。強引な動きだった。

弐吉はその賊の手首を握って、捩《ね》じり上げた。奉公したときから、米俵を担わされた。膂力《りょりょく》では負けない。

貞太郎の腕を摑んでいた手が外れた。さらに力任せに引いて足をかけると、相手の体が地べたに転がった。

「逃げてください」

弐吉は貞太郎に向かって言った。腕を乱暴に摑まれて、体を硬くしていた貞太郎が我に返ってこの場から離れようとした。しかしもう一人の賊が、抜いたばかりの匕首《あいくち》の切っ先を貞太郎に向けていた。

貞太郎は提灯を放り出して逃げようとしたが、匕首を手にした破落戸ふうは、匕首の切っ先を突き出した。

「わあっ」

貞太郎は悲鳴を上げた。投げられた提灯が燃えて、恐怖に引き攣《つ》る貞太郎の顔が照らされた。

弐吉はその匕首の男の襟首を摑んで引いた。振り向いたところを、左の拳《こぶし》で顔面に一撃を加えた。

「早く逃げろ」

貞太郎を急《せ》かした。

今しがた転ばせた男が起き上がって、これも匕首を抜いて迫ってきた。弐吉はこれに対峙《たいじ》する。貞太郎はここで、ようやく走り始めた。

けれども五、六間ほど行ったところで、横道から顔に布を巻いた尻端折《しりはしょ》りの男が出てきた。これも匕首を握っていて、貞太郎に襲い掛かった。

「ひいっ」

貞太郎は、悲鳴にもならない声を上げた。

弐吉は駆け寄ろうとしたが、目の前の破落戸ふうが匕首を突き出してきた。そのままにはできなかった。

まずは斜め横に跳んで、一撃を躱《かわ》した。休まず突き出された手首を摑んで、捩じり上げた。体の均衡が崩れたところで、足をかけた。相手の体が、もう一度沈んだ。

弐吉はその腹を蹴《け》り上げた。

「うわっ」

匕首が飛んだ。

それから貞太郎を襲う、後から現れた男に向かった。貞太郎はすでに袂《たもと》を斬られていた。ここまでどうにか凌《しの》いでいたらしいが、いよいよ追い詰められている印象だった。

顔は怯えというよりも引き攣っている。生まれてこの方、ここまで必死になったことはないのではないかというほどだった。

一度くらい必死になることがあってもいいと思うが、死なせてしまうわけにはいかない。

弐吉は、貞太郎と顔を布で覆った男との間に入った。すると男の体が、すぐに弐吉と向かい合った。暗がりで顔はほとんど見極められないが、向けてくる激しい憎悪は、全身から感じられた。

「くたばれ」

匕首が突き出された。力と気合のこもった一撃で、狙いも確かだった。

弐吉は斜め前に出ながら、匕首の切っ先を躱した。腕を掴もうとしたが、引きが速くてできなかった。

相手の動きは止まらない。角度を変えて、切っ先が襲ってきた。こちらの喉頸《のどくび》を狙う動きだった。勢いがついている。

素手の弐吉は、身構えたまま前に出た。内懐に飛び込んで、拳で肋骨《ろっこつ》を折ってやろうと考えていた。卑怯《ひきょう》な相手に、後れを取るつもりはない。

しかし相手は、こちらの動きを察したらしかった。

匕首を振るいながら斜め後ろに飛んでいた。さらに前に踏み出したが、相手の体に迫ることができなかった。

距離があっては、刃物を持つ方に分がある。身構えたまま、相手の攻めを待った。じりじりと、少しずつ前に出た。

「やっ」

一呼吸するほどの間があって、一撃が迫ってきた。今度は心の臓を目指していた。切っ先が目の前まで迫ってきたところで、弐吉は横に跳んだ。紙一重で、匕首の切っ先が胸の前を通り過ぎた。肩を摑むつもりだったが、それはできなかった。ただ目の前に現れた二の腕を、横から押すことができた。

相手の体が、それでわずかにぐらついた。体勢を立て直そうとしたが、それをさせるつもりはなかった。

弐吉は地を蹴って、さらに前に出た。全身で、相手の体にぶつかった。

「うわっ」

相手は躱すことができなかった。足を踏ん張って反撃に出ようとしたらしいが、それができない。

今度は匕首を持つ腕を摑むことができた。強く引いて足をかけると、一瞬で体が沈んだ。

覆い被《かぶ》さるようにして体に乗ると、匕首を持った腕を斜め上に持ち上げた。こきという音がして、腕の関節が外れたのが分かった。

もう匕首を握っていることはできない。身動きもできなかった。

顔の布を剝《は》ぐと、猪作だった。憎しみの目を向けてきていた。

しかしこのときだ。闇の中で、この様子を見ている者がいるのに気がついた。動く気配があった。

この場から走り去ってゆく。襲った三人の仲間だと思われた。

猪作をこの場に置いて行くことはできない。見送るしかなかったが、闇の中には、もう一人男が潜んでいた。

その男が、逃げた男を追った。

追ってゆく男の顔が見えた。地べたに置いていた提灯《ちょうちん》の明かりが照らしていた。

冬太だった。

弐吉は追うことは冬太に任せた。金子《きんす》を久間木屋へ運ぶのが先だった。貞太郎は、呆然《ぼうぜん》として立ち尽くしていた。

「若旦那《わかだんな》、しっかりしてください」

声をかけた後で、捕らえた猪作と破落戸の一人を、近くの自身番に連れて行き預けた。もう一人の破落戸は逃げたらしく、姿が見えなかった。

襲撃があったのは通りかかった者が見ていたので、自身番の書役らは状況を知ることができた。

　それから弐吉は、貞太郎と共に久間木屋へ行った。貞太郎が、平右衛門に金子を渡した。

「確かに受け取りましたよ」

　平右衛門は、金子を検《あらた》めた上で受取証を差し出した。

「おや、袂が切れているね」

　気がついたようだ。問いかけに、貞太郎は答えた。

「途中、賊に襲われました」

「それはたいへんだった」

　貞太郎は袂だけでなく、腕にも掠《かす》り傷があった。血が滲《にじ》んでいるそれを、ことさらのように見せた。このときは、怯《おび》えた気配は消えていた。

「なあに、追い払いました」

　襲った三人のうち、捕らえた二人については、自身番に預けたことを伝えた。

「それは大したものだ」

　平右衛門は、大げさに頷《うなず》いた。

「お役目を果たせて何よりでした」

　貞太郎はそう返して胸を張った。久間木屋の者から、手当を受けた。弐吉には一言も喋《しゃべ》らせないまま、久間木屋から引き揚げた。

四

長屋へ帰ろうとしていた冬太は、弐吉と貞太郎が二人で出かける姿を目にして驚いた。

「たいした組み合わせだ」

面白いと思って、後をつけることにした。金子のことは聞いていなかった。

二人が浜町河岸で三人の賊に襲われたとき、すぐには助勢に入らなかった。貞太郎は少し痛い目に遭った方がいいし、弐吉ならばなんとか切り抜けると考えた。

もちろん、いよいよのときは出るつもりだった。

貞太郎はもう少し怖い目、痛い目に遭わせてもいいと思ったが、弐吉が助けてしまった。

襲ったのが猪作だったのは、意外ではなかった。事情を知っていたし、弐吉に大きなしくじりをさせることができる。

しかしこのとき、戸の閉まった商家の軒下で、襲撃の場を見ていたとおぼしい男がいるのに気付いた。闇に紛れて、この場から逃げ出してゆく。

「あいつ、仲間だな」

冬太は逃げ去る男を追いかけた。追いかけていることに気づいているのか、逃げ足は速かった。なかなか追いつかない。

神田川にかかる新《あたら》シ橋《ばし》を北へ渡った。

男が駆けこんだのは、浅草瓦町の裏通りにあるしもた屋だった。男の自宅に違いなかった。明かりが灯《とも》っている。

「ここは、誰の家かね」

通りかかったお店者《たなもの》ふうに訊《き》いた。

「大口屋の番頭丑之助さんの住まいです」

「そうか」

丑之助には子はないが、女房がいた。貞太郎襲撃には、大口屋が関わっていたと分かった。それから浜町河岸へ戻ることにした。

弐吉は貞太郎と共に、猪作と破落戸《ごろつき》一人を預けた自身番へ行った。そこには土地の中年の岡っ引きがいて、目撃した者から事情を聞いているところだった。

三人組で刃物を使っての襲撃だから、そのままにはならない。

「襲われたのは、あんただね。事情を話してもらおうか」

「はい。私は店の金子を、運ぼうとしていました」

貞太郎は、あったことをそのままに話した。

「これは、うちの奉公人の猪作という者です」

縛られた猪作を指さした。驚きと憎しみが顔に出ている。貞太郎なりに、信頼をしていたはずだった。

「するとこいつは、金子が運ばれることを知っていた。それが目当てで、あんたを襲ったわけだな」

「そうだと思います。これまでの恩を、忘れやがって」

吐きすてるように言ったが、猪作は貞太郎には憎悪の眼差《まなざ》しを向けていた。その目と目が合うと、貞太郎は一瞬怯《ひる》んだ様子を見せた。そして目を逸《そ》らせた。

弐吉にも、目を向けない。

岡っ引きは、破落戸に問いかけた。

「へえ。こいつに、銭になるからやれと言われやした」

猪作に目を向けた。両国広小路《ひろこうじ》でたむろをしていたところで、声をかけられたとか。五匁銀三枚を受け取っていた。百四十両もの金子を運んでいたとは、知らなかったと告げた。

そこへ冬太が姿を見せた。

「大口屋の丑之助が、襲撃の場にいて、そのまま家まで逃げましたぜ」

目にしたことを、岡っ引きに伝えた。

「指図を受けていたということでしょうか」

「おれはそう見たが。どうか」

冬太は弐吉の問いかけに答えた。終わりの方は猪作に尋ねる形になった。

猪作は、体を強張《こわば》らせている。何かを言おうとしたが、すぐには言葉にならない。

「城野原の旦那《だんな》のところへは、人を走らせました。こいつらは、茅場町《かやばちょう》の大番屋へ移しやしょう」

冬太は岡っ引きに告げた。捕らえた二人を連れて、大番屋へ移った。

待つほどもなく、城野原が現れた。まず冬太が、これまでのいきさつを伝えた。

その上で尋問となった。

「その方、丑之助の指図を受けたのではないか」

「そ、そうです」

城野原に問われて、猪作は初めて素直に答えた。このままでは己一人の犯行として、重い罪を科せられると踏んだのかもしれない。

未遂とはいっても、匕首《あいくち》を抜いて主《あるじ》に襲い掛かった。金を奪おうとしたのである。

貞太郎が大金を懐にしていることは、分かっていた。

城野原は丑之助と弥平治を、手先に呼びに行かせた。尋問が続けられた。

「丑之助の指図があったにしても、どうしてその方はこのような真似をしたのか」

当然の問いかけだ。

「私にはもう、笠倉屋での先の見込みはありません」

「…………」

「近く札差《ふださし》仕法が新しくなるという気配があります。それについては旦那さんや番頭さん、それに弐吉が加わって、事を進めています。私らには伝えられません」

「それが不満だったわけだな」

「盆暗のくせに身勝手な若旦那のお陰で、私は居場所をなくしました」

猪作は貞太郎に目をやった。今となっては、憎しみの対象は弐吉だけではなくったということらしい。

「しかしそれは、己が選んだことではないのか」

弐吉は腹の中で呟《つぶや》いたが、口に出したわけではなかった。

「笠倉屋での私の居場所を奪った若旦那と弐吉に、一泡吹かせてやりたいと思いました」

「その話は、丑之助にしたのだな」

「しました。新しい札差仕法に対処するために、動いていることも伝えました」

猪作には、丑之助の方から近づいてきた。初めは相手にしていなかったが、貼り紙値段の件以来自分の立場が悪くなった。

何度か酒を振舞われて、新しい札差仕法への対応について内密にということで丑之助に話したと告げた。

「噂を流したのは、大口屋か」

「そうです。大口屋さんは、笠倉屋に遺恨がありました。これを機に、笠倉屋の評判を貶《おとし》めようとしました」

いずれは札差株を奪おうという腹だったかもしれないと付け足した。

「しかしな、それだけでは主人を襲おうという気持ちにはならないのではないか」

城野原に言われて、猪作は項垂《うなだ》れた。しかしすぐに怒りが込み上げたのか、引き攣《つ》ったような顔を上げた。

「何であれ若旦那についていれば、道が開けると思いました。ですが若旦那は、親《しん》戚《せき》筋にも見捨てられていると気づきました」

使えないやつだ、と付け足した。

「どういうことだ」

「親類の久間木屋さんが見えたときです」

久間木屋平右衛門は、貞太郎の後ろ盾だったはずだが、その申し入れを金左衛門は撥《は》ね退《の》けた。そのことを言っていた。猪作には伝えていないが、貞太郎が愚痴ったのに違いない。

「先行きはないと見たわけだな」

「そうです。もう少し使い道があると思いましたが、箸《はし》にも棒にもかかりませんでした」

あからさまな侮蔑《ぶべつ》の言葉だった。

「ううっ」

これを聞いて呻《うめ》き声を上げたのは、貞太郎だった。洟《はな》を啜《すす》った。とはいえ、何かを言ったわけではなかった。言えなかったに違いない。

「なるほど、それで笠倉屋を見限ったわけだな」

「はい。さしもの笠倉屋でも、返済期限の迫った中で、新たに百四十両を拵《こしら》えるのは容易ではありません」

「返せないとなると、笠倉屋の信用は落ちることになるな」

「まあ」

「それを手土産に、大口屋へ移ろうとしたわけか」

猪作は唇を嚙《か》み、無念の表情で頷《うなず》いた。

「そのしくじりをするのが、憎い貞太郎と弐吉というわけか。積年の恨みも、晴らせるわけだな」

冬太が、付け足すように言った。

五

大番屋へ、弥平治と丑之助が連れて来られた。お調べの部屋で、城野原が尋問した。一同が部屋の隅で控えている。

まず丑之助からだ。

「はい、浜町河岸へは行きました。ですが他の用があったからでございます」

冬太が後を追ったことは伝えていたので、しらばくれることはなかった。

「どのような用だ」

「札旦那のところへ、ご挨拶《あいさつ》に」

これは後で裏を取る。多少の時間のずれはあるが、確かに訪ねていた。

「そこであの襲撃に出くわしました」

「賊が誰だか、知っていたであろう」

城野原は伝えていなかった。

「いえ。存じません」

「では、襲われたのが誰か分かったか」

「途中で分かりました。襲われたのが貞太郎さんで、弐吉さんが賊と戦いました」

「その方は、見ていただけか」

「体が動きませんでした」

丑之助は城野原の問いかけに、畏《おそ》れ入ったという口調で答えた。神妙な態度に見せている。

「ではなぜ逃げた。走れたそうではないか」

「途中で我に返ったのでございます。怖ろしさのあまり、あの場所にはいられない気持ちになりました。匕首を抜いて、襲うなどとんでもない」

そしてすぐに自身番なりへ届けなかったことを詫《わ》びた。とはいえ襲撃には、まったく関わりがないという物言いだった。

「襲ったのは、笠倉屋の猪作だ」

「ええっ。またどうしてそのようなことを」

驚いた顔が、弐吉にはやや大げさに感じた。

「猪作は、その方らと打ち合わせた上だと申しているが」

「と、とんでもない」

丑之助は、激しく首を横に振った。

「しかし笠倉屋の近々の動きについて、知らせを受けていたのであろう。酒を飲ませ、吉原へも連れていったというではないか」

どきりとした表情になった。こちらが吉原のことを知っているとは、予想もしなかったのだろう。

「笠倉屋の動きについては、聞いていました。使える者だと思っていましたから、大口屋へ移るようにと話したこともあります」

「それを餌にして、動かしたのではないのか」

「とんでもない。このような無体なまねをするやからとは、まるで考えなかったからでございます」

さんざんな言い方だった。そして言い切った。

「こいつは私らを仲間にしようと、勝手なことを口にしているだけでございます」

次に弥平治にも問いかけをした。

同じ内容の返答だった。猪作とは、一切関わりはないという物言いだった。

「私どもが、悪事を唆したという証《あかし》が、あるのでございましょうか」

弥平治は畏れ入った顔をしながら、そこまで言った。猪作が洟を啜った。声を上げずに泣いていた。

一切り捨てられている。猪作を庇《かば》う者はいなかった。

「笠倉屋を貶める噂をまいたのは、その方らではないのか」

「まさか。私どもは、笠倉屋さんが何かおかしなことをしていると感じて、そのことを人に話したことはあります。ですがそれだけのことでございます」

悪意ではないと告げている。

「噂が、独り歩きしたというわけか」

「さあ。だとしたら、怖ろしいことでございます」

丑之助は、しゃあしゃあと言ってのけた。そのために笠倉屋の借り換えは、難渋していた。

結局、猪作が主犯で、破落戸《ごろつき》が関わっての襲撃という話になった。

「主《あるじ》を襲っているからな、軽くても遠島だろう」

尋問が済んだところで、冬太が言った。猪作らは明日、牢屋敷《ろうやしき》へ移される。大口屋の二人は、店へ帰ることが許された。

大番屋から、弐吉は冬太と貞太郎の三人で引き揚げた。弐吉と冬太が並んで歩き、その後ろを貞太郎が俯《うつむ》き加減で足を引きずるようにしてついてくる。何度か石に躓《つまず》きそうになった。

「裏にいた大口屋は、逃してしまったな」

「ええ、したたかです」

冬太の言葉に、弐吉が答えた。猪作だけを捕らえられた形だ。

「そのままにしておくのは、腹立たしいな」

「ええ」

そう返した弐吉だが、ついに罪人になった猪作のことを思った。不思議なことに、してやったりという気持ちにはなっていなかった。

一年違いで奉公をしたが、助け合ったり慰め合ったりしたこともかつてはあった。貞太郎に媚《こ》びたのが間違いだが、商人《あきんど》としての才覚はあった。

「惜しいことをした」

残念な気持ちも大きかった。無念でもあった。

笠倉屋へは、人を使って大まかな事情を伝えていた。冬太とは別れて、弐吉は貞太郎と笠倉屋の敷居を跨《また》いだ。

金左衛門や清蔵、お徳やお狛も帰りを待っていた。貞太郎が、求められるままに出来事を伝えた。三人の賊が襲ってきたこと、その中の一人が猪作だったことは話したが、弐吉の働きについては触れなかった。

「よくぞ無事に、役目を果たした。大したものだよ」

「怪我をしているね。そこまでして、金子《きんす》を守ったんだねえ。さすがは笠倉屋の跡取りだ」

お徳とお狛は、貞太郎を褒め称《たた》えた。弐吉には目もくれなかった。貞太郎は、半べその顔になって頷いた。

「猪作は、恩を仇《あだ》で返して。鬼畜にも劣るじゃないか」

「力を買って信じていた貞太郎が、不憫《ふびん》だねえ」

「久間木屋でも、貞太郎の力が分かっただろうよ」

「まったくだ」

これが猪作に対する、お徳とお狛の考えだった。金左衛門と清蔵は、ここでは何も口にしなかった。

女二人と貞太郎が奥の部屋へ移ったところで、弐吉が金子輸送の顚末《てんまつ》と、問い質《ただ》しの内容について伝えた。

「そうかい。ご苦労だった」

話を聞いた金左衛門が言い、清蔵も頷《うなず》いた。

「ですが、大口屋の関与にまでは、迫れませんでした」

「まあ向こうも、したたかだからな」

「まったく。猪作がうまく成し遂げたら、丑之助の家にいたとでも言うつもりだったのでしょう」

金左衛門に、清蔵が続けた。

「噂をまいたのも大口屋に間違いありません」

「その大口屋が、ここへ来て同じようなことをしている。しかしなかなかうまくいかないようだが」

清蔵は、大口屋の奉公人あたりから訊《き》いたのかもしれなかった。

「まあ、これからだ」

新しい札差《ふださし》仕法が出るまで、出来ることをするしかない。明日から再び、弐吉は札旦那《ふだだんな》廻《まわ》りをする。

弐吉は水を飲むために、井戸端へ行った。喉《のど》が渇いていた。するとお文が、姿を見せた。

「弐吉さんが、笠倉屋を救いましたね」

そう言って焼いた餅《もち》と茶を差し出した。

「ああ、これは」

嬉《うれ》しかった。

「弐吉さんは、強いわけじゃあない。でも何かたいへんなことがあると、気持ちを奮い立たせる。私も、そうしなくちゃと思いました」

どきりとした。そういう言われ方をしたのは初めてだった。気持ちにゆとりがあるわけではない。すべてに自信があるわけでもなかった。不安はいつもある。ただ目の前のことに、精いっぱい向かって行くだけだ。できるかどうかは、やってみなければ分からないと考えていた。

「いつか、私の話も聞いてくださいね」

そう言い残すと、お文は去っていった。

六

九月になった。朝夕は、肌寒さを感じる。弐吉は相変わらず、札旦那を廻って借り換えを勧めていた。猪作がいなくなって、太助が手代に昇格した。早速、札旦那相手に対談を始めた。

貞太郎はぼんやりして、帳場に座っている。近江屋喜三郎が吉原に出向いても、付き合おうとはしなかった。

猪作に襲われたのが、よほど衝撃だったのだと窺《うかが》えた。

そして蔵前橋通りを行き来する直参《じきさん》や札差同士の間で、新たな噂が伝わってきた。

「大口屋も、貸金の借り換えを勧めているぞ。それも急にだ。こちらにこそ、何か企《たくら》みがあるのではないか」

一部で利率を下げても、きっとどこかで大儲《おおもう》けをしているのではないかというものである。

江戸っ子は、新しい噂話が好きだ。笠倉屋の噂をしていた者の気持ちは、大口屋に向いた。

「あの店の借り換えは、こちらのようには進んでいないようだ」

聞き込みをしたという清蔵が、話してくれた。

「まいた種が、自分に廻ったようですね」

いい気味だと思った。とはいえ利率の低さから、それなりには借り換えをする者がいる模様だった。

「他の札差でも、借り換えを始めたようだぞ」

そういう話は、思いの外早く伝わる。再度訪ねた札旦那のところで、向こうから話題にされた。

「ええ。悪い話ではないと存じます」

その札旦那は、借り換えに応じた。弐吉が外回りから店に戻ると、冬太が姿を見せた。

「大口屋に、変な噂が出ているぞ」

にやりと笑った。愉快そうな、意地悪そうな目をしている。それで弐吉は気がついた。

「大口屋について妙な噂を流したのは、冬太さんじゃあないですか」

「そんなこと、するものか。おれは十手を預かる身の上だぜ」

と口にしたが、満足そうに胸を張った。

「どうだ」

と目が言っていた。

「お陰で笠倉屋を責める者が減って、やりやすくなりました」

弐吉は返した。

弐吉は、本所の札旦那を廻ったついでに、宇根原左之助の屋敷にも顔を出した。宇根原は近頃、近江屋を訪ねている気配はなかった。もう返済期限を延ばすことはできないと察したからだろうか。

垣根を覗《のぞ》くと、宇根原は倅《せがれ》や娘と赤甘藷《かんしょ》の収穫をしていた。畑の周りでは、新しく貼った傘を乾かしている。隙間もないくらいにだ。

「おお、その方か」

気付いた宇根原は、傘をどけて弐吉のもとへ近づいてきた。

「札差には、まだ変わったことはないようだぞ」

早速、そう口にした。とはいえ、腹を立てている気配ではなかった。子どもたちとの芋掘りを楽しんでいた。

「あれこれ当たったが、どうにもならぬ。しかし一時しのぎで高利貸しから借りれば、いずれ娘まで手放さなくてはならぬはめになる」

「それはそうです」

「ならばおれにできることは、借金を増やさぬことだ」

収穫にはしゃいでいる兄妹《きょうだい》に目をやった。

「近江屋を襲っても、仕方があるまい」

と続けた。宇根原は覚悟を決めたのだと、弐吉は受け取った。それならばそれでいい。宇根原の借金返済日は、九月十七日だと聞いた。願うべくは、その前に新たな札差仕法が出されることだ。

とはいえこれについては、弐吉にはどうすることもできないことだった。弐吉は日々、札旦那のもとを廻ってゆく。

九月十五日も、弐吉は札旦那のもとを廻った。この段階で、借り換えができたのは、七千百五両だった。店に戻ると、清蔵が弐吉に言った。

「いよいよ明日、触《ふれ》が出るぞ」

全ての札差の主人のもとへ、呼び出しがあったのだとか。

翌日九月十六日は、秋晴れの空となった。札差一同と蔵前の町《ちよう》役人が、北町《きたまち》奉行所に出向いた。笠倉屋からは、金左衛門が足を運んだ。

「嫌な予感がしますよ」

「やはり利下げが命じられるのですかねえ」

北町奉行所へ集まった主人たちは、それぞれに話をした。

「一同、神妙にいたせ」

と声がかかった。

勘定奉行の久世《くぜ》広民《ひろたみ》の立ち会いのもとに、山村信濃守《やまむらしなののかみ》および初鹿野《はじかの》河内守《かわちのかみ》から申渡しを受けた。清蔵や弐吉が予想した棄捐《きえん》の令だった。

六年前までの貸付金は、新古の区別なく帳消しとする。五年以内の分は、利息をこれまでの三分の一に下げて永年賦とするといったものだった。

「と、とんでもない話だ」

札差の主人たちは、蒼《あお》ざめた顔になって体を震わせた。近江屋喜三郎は、驚愕《きょうがく》のあまりすぐには立ち上がれない。

「こ、これでは、うちは一万数千両の損失になるぞ」

「いや。こちらは、に、二万両だ」

絶望の声だった。

「触《ふれ》の中味を、変えられないのか」

「そのようなことが、出来るわけがない」

老中の指図を受けた各奉行が、顔を揃えて新仕法の発布を行ったのだった。


金左衛門が町奉行所へ出向いていたとき、弐吉はお文と冬太を誘って、蔵前橋通りの甘味屋へ行っていた。清蔵に願って、半刻《はんとき》の時間を貰《もら》うことができた。

これまでの働きについて、ねぎらいといった意味があった。

蔵前橋通りはまだ穏やかな様子で、これは嵐の直前の静けさといってよさそうだった。各札差では、いつものように札旦那《ふだだんな》が顔を見せている。

冬太は上機嫌でやって来た。汁粉だけでなく、あべかわ餅《もち》も付けた。冬太はしきりにお文に話しかけた。

「秋晴れのよい天気で、しかもお文さんも一緒だから、ひと際美味《おい》しいですね」

調子のいいことを口にした。お文は相槌《あいづち》を打っている。めったに見せない笑みを浮かべた。弐吉にしてみれば、面白くない。

けれどもそれは、笠倉屋や弐吉のために力を貸してくれた礼という意味があると感じた。ならば不満ではなかった。

とはいえ甘味の代は、弐吉が払わなければならない。

「冬太の気が済めば、それでよいことにしよう」

胸の内で呟《つぶや》いた。

問題は同じ頃、北町奉行所で出ているはずの新しい札差《ふださし》仕法とどう対峙《たいじ》するかということだった。笠倉屋がどこまでの損失を被るか。この時点では、まだはっきりしていなかった。

本書は書き下ろしです。

成《な》り上《あ》がり弐《に》吉《きち》札《ふだ》差《さし》帖《ちよう》

棄捐令《きえんれい》(一)

千野隆司《ちのたかし》

令和6年 10月25日　初版発行

発行者●山下直久

発行●株式会社KADOKAWA
〒102-8177　東京都千代田区富士見2-13-3
電話　0570-002-301(ナビダイヤル)

角川文庫 24376

印刷所●株式会社暁印刷
製本所●本間製本株式会社

表紙画●和田三造

●お問い合わせ
https://www.kadokawa.co.jp/(「お問い合わせ」へお進みください)
※内容によっては、お答えできない場合があります。
※サポートは日本国内のみとさせていただきます。
※Japanese text only

ISBN 978-4-04-115470-0　C0193

角川文庫発刊に際して

角川源義

第二次世界大戦の敗北は、軍事力の敗北であった以上に、私たちの若い文化力の敗退であった。私たちの文化が戦争に対して如何に無力であり、単なるあだ花に過ぎなかったかを、私たちは身を以て体験し痛感した。西洋近代文化の摂取にとって、明治以後八十年の歳月は決して短かすぎたとは言えない。にもかかわらず、近代文化の伝統を確立し、自由な批判と柔軟な良識に富む文化層として自らを形成することに私たちは失敗して来た。そしてこれは、各層への文化の普及滲透を任務とする出版人の責任でもあった。

一九四五年以来、私たちは再び振出しに戻り、第一歩から踏み出すことを余儀なくされた。これは大きな不幸ではあるが、反面、これまでの混沌・未熟・歪曲の中にあった我が国の文化に秩序と確たる基礎を齎らすためには絶好の機会でもある。角川書店は、このような祖国の文化的危機にあたり、微力をも顧みず再建の礎石たるべき抱負と決意とをもって出発したが、ここに創立以来の念願を果すべく角川文庫を発刊する。これまで刊行されたあらゆる全集叢書文庫類の長所と短所とを検討し、古今東西の不朽の典籍を、良心的編集のもとに、廉価に、そして書架にふさわしい美本として、多くのひとびとに提供しようとする。しかし私たちは徒らに百科全書的な知識のジレッタントを作ることを目的とせず、あくまで祖国の文化に秩序と再建への道を示し、この文庫を角川書店の栄ある事業として、今後永久に継続発展せしめ、学芸と教養との殿堂として大成せんことを期したい。多くの読書子の愛情ある忠言と支持とによって、この希望と抱負とを完遂せしめられんことを願う。

一九四九年五月三日